なんか変だな

【日々雑志記】

長沼 修
Naganuma Osamu

亜璃西社

日々《にちにち》の
去り行く一刻の想いを
つたない言葉に代えて　並べてみよう
今　生きていることの証として……

日々雑志記　なんか変だな　＊　目　次

第一章 【生】

一、セピア色の記憶

二、「あの世」と「この世」

第二章 【人】

一、人に学ぶ

第四章 【芸】

一、楽興の時

二、創る

第五章 【思】

一、近ごろ思うこと

二、コロナの彼方へ

装丁　須田照生
装画　太田保子
挿絵　塩谷滝衣

第一章

「生」

一、セピア色の記憶

ゴンチャレンコと走る

札幌冬季オリンピックに先立つこと十八年、一九五四年（昭和二十九）に札幌で開催された「世界スピードスケート選手権大会」を覚えている人は少なくなった。会場は円山競技場特設リンク。日本における戦後初の国際的なスポーツ大会で、その成功は東京、札幌のオリンピック誘致に大きな力となった。

小学生だった私は、キャラメルの抽選で当たった貴重な招待券を握りしめ、バスを乗り継ぎ円山競技場に行った。はためく万国旗、満員の観衆。大会初日にはソ連のグリシンが五〇〇メートルを制し、この日は英雄ゴンチャレンコが一万メートルに挑戦する。初めて見る世界最高峰の選手たちの滑りに私は心を躍らせた。

しかし私は、朝からお腹の調子が悪かった。黒ずくめのゴンチャレンコがカエルのような格好でスタートするころ、私のお腹は最悪となった。会場のトイレに駆け込んだのだが、当時、公衆トイレはどこも汚れていた。私はもう我慢ができなかった。バスを待つ余裕もなかった。

総合優勝を狙うゴンチャレンコへの大声援を背中に聴きながら、私は会場を飛び出し、琴似にあるわが家に向かって夢中で走った。ゴンチャレンコも走り私も走る。宮の森の雪道をまっしぐら、山の手のリンゴ園を駆け抜けて、ようやく家にたどりついたときはもうほとんど意識は飛んでいた。

あれから六十年余り。円山競技場のあたりを通るたびにあの日のことを思い出す。

（二〇一六・二・七、北海道新聞「朝の食卓」）

梨の実ひとつ

葉が落ちて裸になった梨の木の上のほうの枝先に、ポツンと取り残された実がひとつ。この季節になると思い出す、子供のころの忘れえぬ情景だ。

私は祖父の家のそばで育ったが、家の周りにはサクランボやアンズ、梨などの果樹がたくさん植えてあった。屯田兵として仙台から入植した先祖が、豊かな生活を願って植えたものと聞いた。

夏から秋にかけて、たわわに実るその果実は、私の格好のおやつになった。学校の帰り道、祖父に見つからないように一個だけもいではかじりつく。戦後、甘いものに飢えていた私の空腹を、これらの果実は満たしてくれた。

さて木の枝の先に取り残された一個の梨はいつとるのか。そのタイミングをめぐって、やはりこの実を狙っているらしいカラスとの、微妙な駆け引きの日々が続く。

この梨の実は収穫の時に、祖父の手が届かず残ったものだが、何回か霜にあたり、そのたびに甘みが増して、とてもおいしくなっているはずだった。

そのことはカラスも知っていて、毎日、この実のそばに来るのだが、すぐに喰おうとはせず、私とのにらめっこが続く。もう少し霜に当たれば、味が最高になるのをカラスも知っているらしい。

そして寒い朝が来た。今日だ、と飛び起きて、梨の木の下に行ってみると、やられた……。あの梨の実がもうない。すでにカラスに喰われてしまったのだ。

雪虫が飛ぶと思い出す、少年のころの記憶である。

（二〇一七・十・十四、「朝の食卓」）

ああピーコ

私はトリ肉料理が苦手だ。焼鳥屋に行こうと誘われるが、いつも理由をつけて辞退する。

思えば小学校低学年のころのある年の暮れ。ヒヨコの時から私が大切に育て、かわいがっていたニワトリのピーコが、突然父の手によって虐殺された。

カミソリで首を切られ、ピーコは皮一枚でつながった頭をぶら下げたまま、それでも一〇メートルほど飛んで逃げ回った。父はそれを捕らえ煮立ったお湯の中にザブンとつけた。

そして私も手伝わされ彼女の羽毛をむしり取る。小さな羽はすぐ抜けたが、お尻のほうの太い羽はなかなか抜けず、力を入れて引き抜くと、そのあとがブツブツと盛り上がった。さらに丸裸になったピーコはたき火にあぶられ、細かな毛まですっかり焼かれて綺麗になった。

父はおもむろに包丁を研ぎ、それをピーコのおなかに突き立てた。そして砂肝や心臓や肝臓や、卵になりかけの黄色い玉などを取り出して、最後に肋骨にへばりついているササミを、犬歯で噛みながら引きはがした。ああピーコ。彼女の体は細かく切り分けられ、白いほうろうのバットの上に綺麗に並べられている。

そして正月。わが家のお雑煮の中に、黄色い油をわずかに漂わせて浮いているピーコの肉片。私はどうしても食べる気にならなかった。

以来、私はトリ肉が食べられない。

今になって思う。父は屋根裏を走り回るネズミを「飼っておけ」といって放置しては、母と喧嘩になるほど優しい人だったが、家族に正月のトリ肉を食べさせたいとの一心で、泣く泣く目をつぶってピーコをさばいていたのだろう。

町にあふれるたくさんの食材を見るたびに、戦後の貧しい時代のことが蘇る。

万年青の春

雪が解けたので、万年青《おもと》を室《むろ》から出した。

万年青とは古風な観葉植物。赤い実を付ける種類もあるが、多くはきれいな花が咲くわけでもない地味な鉢物だ。

しかし、葉の色や形のかすかな変化を尊び、江戸時代には武家を中心にとても流行したそうだ。人々は好んで変種を育て「一文字」とか「七変化」など奇抜な名前をつけて歓んだ。

私の亡父は若いころ大病を患ったためか万年青をこよなく愛した。冬でも枯れず、いつも青々としているのが良いという。

そんな父譲りの万年青が、大小三十鉢ほどわが家にある。葉は十年ほどで入れ替わるが、根は百年も生きているだろう。父の形見と思えばどうにも捨てられない。

秋には根の掃除や土の交換をする。一本ずつ根を洗いピンセットで汚れをとる。土を篩《ふるい》にかけ粒をそろえて植え替える。冬は小庭の隅に掘った穴（室）の中にしまい冬眠させる。ひと仕事だ。

そして春、雪解けとともに室を開け、半年の間、真っ暗な穴の中で過ごした万年青を取り出し、水をかける。久しぶりにシャワーを浴びた万年青たちは気持ちよさそうに春の陽光に輝くのだ。

そして私は、早く逝った父のことを思う。万年青は今年も元気だよ、と語りかけながら……。

（二〇一六・四・二十一、「朝の食卓」）

コーラ初体験

私は初めてコーラに出会った日のことを鮮明に覚えている。

ある夏の暑い日、大学のオーケストラで活動していた私は、修理のために大きなコントラバスを抱えて、藻岩下の楽器屋に向かっていた。

はじめは電車に乗ったのだが、途中からは徒歩。じりじりと日は照り、大きなコントラバスはやたら重い。足を止め一息つくと傍らに小さな雑貨屋があり、その店先にバケツで冷やした見慣れないビン入りの飲み物を売っている。

なんだろうとのぞき込んで思い出した。最近見た映画「ウエスト・サイド物語」の中で、主人公のトニーとマリアが倉庫の裏の階段のところで名曲「Tonight」を歌う場面。素晴らしい名シーンだが、トニーが一生懸命運んでいた木箱の中の飲み物のビンが印象的だった。少しくびれて黒い液体が入っている。

「あれだ！」「あの飲み物だ！」

そう、これがコーラと私の初めての出会いだった。思わず一本買い、栓を開けて一気に飲んで「うえ！」と吐き出した。なんだ、これは。当時、うがいに使っていた消毒薬ルゴールの味がする。なんて変な飲み物だろう。急に胸がむかつき大きくゲップをした。

しかし、何か甘い不思議な後味が残り、しばらくするとさわやかさまで感じるではないか。

ウエスト・サイド物語の音楽やダンスは、日本ばかりでなく世界の若者文化に大きな影響を与えたが、コーラもアメリカの味がする飲み物として世界中に広まり人々ののどを潤した。

コーラを飲むたびに思い出す、青春の一コマだ。

ビニールとの出会い

子供のころ、市場に買い物にいくと魚も野菜も、みんな新聞紙に包んでくれた。しかし近ごろは、すべてプラスチックのケースかビニールの袋。便利な世の中になったものだ。

最近、そのスーパーのレジ袋が有料になった。ビニールの消費量を減らす狙いがあるという。使用済みのビニールやプラスチックが世の中にあふれ、それがゴミに紛れて海に流れ込み、さらに細かくなったものが魚の体内に入って、それを食することで再び人間に摂取されるのだという。困ったことだ。

では、ビニールは何時からあるのだろうか。私はビニールとの最初の出会いをはっきりと覚えている。

私が小学校の低学年の時、祖父の家の梨畑のはずれに小さな小屋が建った。祖父が土地を貸したものだった。その小屋からトントントン、トントントントンと軽やかな機械の音が聴こえる。そっと覗《のぞ》いてみると、男たちが据え付けられた機械に白い米粒のようなものを入れている。それは機械の中を通って、最後に薄い透き通ったキラキラ光る膜となって、コトンコトンと回る軸に巻き取られていくのだ。

あれは何だ。セルロイドでもない、パラフィンでもない。いくら考えてもわからなかった。これが私のビニールとの初めての出会いである。

そのビニールはあっという間に身の回りにあふれた。そしてその便利なものに、私たちの生活は随分と助けられた。今もその恩恵にあずかっている。

しかしビニールは水にとけず、なかなか自然に還らない。今や世界中のゴミ処理場はビニールであふれている。いや、世界の海の底がビニールで埋まる日が来るかもしれない。

原子力発電の燃料がそうであるように、最終処理の見つからないものはどんなに便利でもかえって高くつく場合がある。

最近はスーパーやコンビニで買い物をするたびに「袋いりますか？　有料ですけど」と言われる。思わずムッとするのだが、意地になって「いりません」と言って、買ったネギやダイコンをそのまま抱えて帰る毎日だ。

少しでも地球の未来のためになるなら、カッコなんてどうでもいいと負け惜しみを言いながら。

二、「あの世」と「この世」

心臓が止まった

二年前の八月のある日、私の心臓は突然けいれんをはじめ、全身の血流が止まった。私は意識を失って倒れ、顔面を床にぶつけて前歯が折れた。幸いなことにその場所は、人通りの多い札幌駅地下の商店街。昼どきで大勢の人が歩いていた。

最初に手当てをしてくれたのは、たまたま通りかかった心臓医療機器メーカー・メドトロニック社に勤める看護師の野川英卓さん。お昼の弁当を買って事務所に戻る途中だった。すぐに心臓マッサージを施し、自動体外式除細動器（ＡＥＤ）をかけてくれた。そして、旅行中の看護師さんや非番の消防士さんも加わり、駆けつけた救急車の中で、ようやく私の心臓は動きだした。この間およそ十五分。的確な処置のおかげで私は一命を取り留めた。

だが、意識はすぐには戻らなかった。大学病院の集中治療室で、植物状態になる可能性を宣告され、脳を冷やす準備が始まった。しかしお医者さんは、私の目の玉がわずかに動いたのを見逃さなかった。冷却処置は延期され、しばらくして私は意識を回復した。二十四時間後のことだった。

病名は一過性の心室細動。さしたる原因も見当たらず後遺症もない。再発に備え胸に体内型のAEDを埋め込み、今は元気に働き趣味のスポーツや音楽も楽しんでいる。

私は学んだ。自分にとっての「死」とは永久に目を覚まさないことをいうのだと。私は毎朝ベッドの中で目覚めると、今日も生きていることを確認する。そして多くの方に感謝しながら、与えられたこの一日を大切に生きようと心に誓うのだ。

（二〇一六・八・十、「朝の食卓」に加筆）

ヘソに感謝

ヘソに謝らなければならない。

私はこれまで、ヘソは何の役にも立たない、つまらないものだと思っていた。生まれる前は母親のお腹の中でヘソの緒で繋がっていたのだから、それはなくてならないものだったろう。しかし、生まれてからはお腹の真ん中で、出番を終えた切られ役のようにバツが悪そうに座っている。

しかしこのたび、私はこのヘソに大変お世話になった。

それは先日のある朝のこと。突然お腹が痛くなり病院へ駆け込むと、急性胆のう炎とのこと。前夜、久しぶりに口にした脂っぽい牛肉のせいか、胆のうの中にあった石が動き出し、胆汁の出口をふさいで炎症を起こしているのだ。先生はすぐに胆のうを摘出するという。

腹腔鏡《ふくくうきょう》下手術。ヘソの穴からカメラを入れ、それでお腹の中の様子を確認しながら、別な場所から差し込んだ細い医療器具で胆のうを切除し、ヘソの穴から取り出すのだという。

確かにお腹の周りで最も肉が薄く内臓に近いのがヘソである。そうか、ヘソは台所の天井の隅にある、家の修理のための穴のような役割を果たすのだ。

夜、看護師さんが病室に来てヘソを掃除するという。雑菌が入るとまずいからだという。子供のころ、ヘソのゴマをとって遊んで、お腹が痛くなるよと叱られたことを思い出しながら、ヘソを綺麗にしてもらってさあ手術。全身麻酔で特に痛みもなく、お腹を大きく切ることもなく、作業口ともいうべきヘソの穴から胆のうの摘出は無事成功、五日間の入院で即退院した。

病院の皆さんとヘソ君、ありがとう。

（二〇一七・五・十六、「朝の食卓」）

あんた神様かい？

とある建物を出たとたん、両手にビニール袋をぶら下げた老婆とぶつかりそうになった。そして、そのお婆さんはまじまじと私の顔を覗き込み、小さい声で言った。

「あんた神様かい？」

「とんでもない、私は普通の爺さんですよ」と答えると、彼女はまだ私の顔から眼を離さず、「いや、あんた神様だね……」とつぶやいて重そうに荷物をもって立ち去った。

私の背中を冷たいものが走った。もしかして私は死んだのだろうか？

私は五年ほど前、札幌駅の地下街で突然心臓が十五分も止まり、運よく通りかかった看護師さんに助けてもらったことがある。以来、私は「あの世」と「この世」は、実は紙の表と裏のようなもので一体なのではないかと考えるようになった。

そして私は時々、「あの世」と「この世」の区別がつかなくなる。

クラス会などで昔の友人たちとわいわいやっているときに、突然、今私がいるこの場所は、もう「この世」ではないかもしれない、すでに私は死んでいて、今楽しく話し合っている昔の仲間も、皆すでに死んだ人なのではなかろうかと考えてしまうのだ。

私の父の実家は、長野で八百年も続く神社だから私も神徒。よって葬儀は神式だ。私は死ぬと「仏さん」ではなく「神様」になる。とすると、「あんた神様？」と訊かれるのは死相が出ているということなのか。

「あんた神様かい？」

老婆の一言が頭から離れない。

クシャミ二回!!

近くにいた若い看護師が大声で叫んだ。「クシャミ二回!!」。すると奥から数人の医師が飛び出してきて、私の周りを取り囲んだ。

大学病院のCT検査室でのことである。とある病気の疑いでCT検査を受けることになった。血管造影剤をうたれ、丸いドーム状のCT装置にあおむけになって潜り込み、無事に検査が終わって半身を起こした途端、私は小さく「クション、クション」とクシャミをした。するとそばにいた看護師が突然、あたりに響き渡る大声で「クシャミ二回!!」と叫んだのだ。

驚く私を取り囲んだ医師たちが口々に尋ねる。「気持ちが悪くないですか」「吐き気はしませんか」「変わったことはないですか」。私は全く異常がなく、ただ小さくクシャミをしただけなのでびっくり。「どうしたんですか?」と尋ねたが、医師たちはそれでも慎重に私の顔をのぞき込み、疑い深そうに私の様子をうかがった。

理由はこうだった。血管造影剤は時として副作用があり、クシャミもその前兆の一つであるらしい。つまり私がクシャミをしたので、看護師はマニュアル通りに「クシャミ二回‼」と叫び、医師たちもそれに対応したのである。

結局、何事もなく終わったが、すばやく対応してくれた看護師さんやお医者さんには感謝しつつ、あれ以来、クシャミをするたびに、誰かがそばで「クシャミ二回‼」と叫ぶような気がして落ちつかないのだ。

愛おしいカプセル

三週間ほど前から黒い便が出て、はじめは何か黒いものでも食べたかなと思っていたのだが、一向に普通に戻らない。病院に行って胃カメラと大腸カメラで検査したが全く異状なし。しかし便からは血液反応があるという。

出血場所は小腸が疑われるとのこと。六メートルもあるという小腸をどうやって調べるのだろう。不安な気持ちで紹介状をもらい大学病院へ行ったところ、即入院。

貧血が進んでいるのでまず点滴。そしてどこから出血しているか、カプセル内視鏡を飲んで調べるという。出来るだけ時間を短くするため、胃カメラの先にカプセルをつけ十二指腸の奥まで押し込むそうだ。胃カメラは何度も飲んでいるので覚悟はしていたが、今回はカメラ入りのカプセルをつけているせいか、内視鏡の先はやたら太い。それが私の口に差し込まれ、「ウェッ！」とする間もなく麻酔薬が効いて深い眠りに落ちた。

体内に入ったカプセルカメラは長い腸をゆっくり移動し、大腸を通って排せつされるという。便器の中に紙を敷き、その上で出てきたカプセルを回収するとのこと。宇宙から帰ってきたNASAのカプセルが世界中の人から祝福の拍手をもって迎えられるのに比べて、私の体内を調査したカプセルの帰還は気の毒だ。

夕方、便意をもよおし、ことを終え便器をのぞき込むと、まだ出血が続いているせいで真っ黒なタール状の便の中から、ピカリピカリと青白い天使のような光が点滅している。すぐ看護師さんを呼び、その愛おしいカプセルを回収してもらった。

このカプセルによる腸内撮影によって、出血場所は小腸の上部と判明した。後は内視鏡カメラを入れて出血場所の治療をするとのこと。

そして翌日、小腸カメラをせっかく入れるのだから、念のために長さいっぱいの三メートルまで入れて他に出血がないか確認するという。長い内視鏡カメラの先にいろいろな器具がついていて、患部を焼いたり、クリップを止めたりするそうだ。三メートルもどうやってカメラを入れるのだろうか、胃カメラはせいぜい五〇センチだ。子供のころ、カエルの尻に草の茎を突っ込んで息を吹き込むと、カエルの腹が風船のように膨れるのが面白くて遊んだことを、今さら反省しても手遅れだった。

口にマウスピースを入れられて、目の前に太い内視鏡が迫ってきたところで麻酔の効果で気を失った。それからが大変。苦しいのなんのって、赤や青や紫の色とりどりのサイケデリックな光が交錯する地獄の世界を私はのたうち回った。

しばらくして私は病室のベッドで目を覚ました。「暴れませんでしたか？」と先生に訊くと、「いえ、静かに寝ていましたよ」。

「え？」、本当だろうか。あの阿修羅が暴れるような世界は何だったのだろうか。あれがあの世の花畑なのか。それとも麻酔薬の作用なのか。

考えているうちに私は再び深い眠りについた。そしてカプセルに乗って宇宙旅行をしている夢を見た。

「あの世」と「この世」

四年前の八月のある日、私の心臓は突然震えだし、十五分もの間、心肺が停止した。意識が戻ったのは二十四時間も後のこと。原因は不明で後遺症もない。

この話をすると皆さんが私に聞く。「それであの世は見たの？」「三途の川は？」「お花畑は？」。残念というべきか、それらしきものは何も見なかった。

あえて見たものを言うならば、それは「のっぺらぼー」、つまり顔のない人。レントゲン室にあるような大きなガラス窓の向こうに白衣を着た顔のない人がいて、その人が部屋から出てきて私の心臓を持って行こうとする。しかし、顔は真っ白というか「のっぺらぼー」なのだ。

おそらくこれは現実で、薬のためか血流のせいか、脳がきちんと働いていない状態だったため、人の顔を認識したり記憶できなかったのだと思う。

死んだ人があの世を見るはずがないと私は思う。何かを見たり、感じたり、想像したりするのは、脳がまだ働いているからだ。

つまり、俗にいう臨死体験とは死に至る道の入り口で、頭の中にある知識としての死のイメージを、夢のように見ているのだと思う。もっと先に進むと、そこは何もない「無」の世界なのではないだろうか。などというと、極楽浄土を唱えた法然上人に叱られるかもしれない。「あの世を信じなさい」と。

私は思う。あの世とは、この世の人の頭の中にあるのではないか。だから人は死んでも、この世の家族や友人が思い出してくれる限り、いつまでも生き続けることができるのだ。

もうすぐお盆。今年も墓参りをし、あの世に逝った父母の笑顔に会うのを楽しみにしている私である。

（二〇一八・八・三、「朝の食卓」に加筆）

雪虫が飛ぶ

雪虫が飛ぶ、群れて飛ぶ。

子供のころ、暗くなるまで外で遊び、お腹がすいて家に帰る道すがら、突然、白い虫の塊《かたまり》が軒の下に漂っているのを見た。

まだそんなに寒くはない晩秋の晴れた日に、雪虫が舞うと何故か十日ほどで必ず雪が降る。この小さな白い虫は冬の使いの妖精だ。

雪虫はアブラムシの一種だが、その名は各地で違うようだ。関東では「シロコババ」、京都では「白子屋のお駒はん」とも呼ばれるそうで、綿毛のようにふわふわと舞うその姿は、なんとなくもの悲しい。

雪虫の命は短い。オスには口がなく、メスも卵を産むと死んでしまうとのこと。寿命はせいぜい一週間ほど。雪のような蠟《ろう》物質をまとい交尾して子孫を残す。そのために群れて飛び、舞っているように見えるのだ。

最後の力を振り絞り、群れになって飛ぶその姿は、「死」へのはかない舞であり、子孫を残すための「生」への踊りでもあるのだ。

雪虫の群れが秋日の弱い光に輝くとき、それはもろくも美しい命の尊さを教えてくれる。

私も出来ることなら雪虫のように、家族や仲間とのきずなの中で、風に任せて無心に漂い舞いながら、短い一生を終えたいものだ。

自然に、そして季節に溶け込むように……。

間もなく長い冬が来る。

第二章

「人」

一、人に学ぶ

すしを握る

人には第六感という感覚があるという。理由もなくひらめくことだ。決して勘がいいほうではない私だが、ズバリひらめいたことがある。

それは、とある札幌のすし屋。友人に連れられて、初めて行く店のカウンターに座った。店の大将は色浅黒く精悍だ。その動きはきびきびとして無駄がない。何やらつまみが数品出て、いよいよ握りになった。

目の前で大将がすしを握り始めた。「おや、誰かに似ている」。そのすしの握り方にどことなく特徴があるのだ。指遣いとか、酢飯の量とかそんな技術的なことではない。腰を少し低くしてかがむような姿勢、手の中の小さなシャリをいつくしむように体全体で柔らかくリズミカルに握る。どこかで見たことがあるこの雰囲気——。そうだ彼だ。

私は大将に言った。「あなたと同じ握り方をする人を知っていますよ」「え！　どこの誰ですか」「銀座八丁目のすし○の渡辺さんです」「あ！　それ、私の師匠です。びっくりしたな、どうしてわかりました？」。

大将の師匠である渡辺さんとは、私が以前勤めていた会社の東京支社の近くにあり、何度か通っていたすし屋のおやじのことだ。この渡辺師匠が札幌にいた時に、大将は厳しくしごかれたという。

以来、この色浅黒い大将は私に頭があがらない。大将の名前は福家さん。店の名前も「すしの福家」というおめでたい名前だ。体に染みつくまで厳しい教えを受けた大将は、今日も元気にすしを握っている。そして色が黒い原因はゴルフ焼け。

今は私の楽しいゴルフ仲間だ。

福八会談

二〇一五年四月の地方選挙を前に、札幌市は三期務めた上田文雄市長が退任し、その後継として民主党などが推す副市長の秋元克広氏と、自民党が推す元総務官僚の女性候補が競っていた。

そんな最中の一月末、東京オリンピック組織委員会委員長で、日本ラグビー協会会長の森喜朗元総理が、北海道新聞主催の講演会に出席のため来札。途中、札幌ドームを視察した。二〇一九年に日本で開催されるラグビーワールドカップの会場に札幌ドームが選ばれるのか、森会長の視察にマスコミの注目が集まっていた。

道新の村田社長（当時）が千歳まで迎えにあがり、ドーム前のラーメン屋「福八」で昼食会が開かれた。ドームの家主でもある上田札幌市長と私もご一緒した。村田社長の手配で森さんの好物だというシシャモが焼かれ、サッポロラーメンに舌鼓を打った。

話題は多岐にわたり、近づく市長選挙の話にもなったが深入りせず、上田市長が冬の札幌オリンピック開催に期待の声があると伝えると、「その前に二〇一九年のラグビーワールドカップや二〇二〇年の東京オリンピックがある、再び冬のオリンピックを実現できれば札幌の街が変わるね」と森さんが応じ、盛り上がった。

そのあとドームに移動し館内を案内。森さんは精力的に歩いてまわり屋外のサッカーピッチまで熱心にご覧になった。視察が終わり記者に囲まれた森さんはドームの印象を聞かれ、札幌ドームは世界一の施設、ラグビーワールドカップはここをはずしてできないよ、とワールドカップの札幌開催はほぼ確定とも取れる発言に記者たちは色めいた。

そしてドームを去る時、森さんは車に乗ろうとしたがわざわざ戻ってきて、見送りに立つ上田市長の耳元で小さい声で何か囁いた。隣にいた私には「市長選挙はうまくやろうよ……」といったように聞こえた。

三月末、市長選が告示されると民主党などが推す秋元候補の選挙事務所に、突然、自民党の森元総理から「為書き」(応援する檄文)が送られてきた。その効果は大きかっただろう。結果、秋元候補は圧勝した。

そして今、秋元市長は政党色の薄い無党派市長として人気がある。

人を見定め、勝つ方に乗る。政治家森喜朗のしたたかさを見た福八会談だった。

知里先生の豆本

私の手元に名刺大の豆本がある。一九六〇年（昭和三十五）発行の『アイヌ民話と唄』。著者はアイヌ民族の言語学者、故・知里真志保先生だ。中には短いアイヌの伝承話が二十六篇収められていて、表紙の裏には「長沼様　著者」とサインがある。

先生が亡くなられたのは一九六一年六月だが、この本はその少し前、病院で闘病中だった私の亡父が、同室だった知里先生から頂いたものだ。

同じ部屋の若者が知里先生に尋ねたという。「アイヌ民族には文字がなかったそうですね」。先生は静かに「日本人にはありましたか」と答えたそうだ。

近年、ウポポイ（民族共生象徴空間）の建設など、アイヌ文化に光が当たっている。結構なことだと思う。忘れてならないのは、北海道はかつてアイヌの人たちが自然と調和し、豊かに暮らしていた土地だったということ。

知里真志保先生の姉、知里幸恵さんは十九歳で亡くなったが、自然とともに生きるアイヌ人の精神の伝承を『アイヌ神謡集』としてまとめている。その内容は、現代文明に対する鋭い警告として、近年、改めて注目を集めている。

この知里先生の豆本にこんな話が載っている。

昔、偉い殿様がいて、草履の準備にミスがあった家来をとがめ、首をはねた。神様はかわいそうに思い、その家来をウズラにした。以来、ウズラは「チョーリ」「チョーリ」と鳴く。「チョーリ」とはアイヌ語で草履のこと。権力を振りかざす人への警告だ。「チョーリ」が「ソーリ」に聞こえる人がいるかもしれない。

(二〇一八・五・二十一、「朝の食卓」)

恩師の戒《いまし》め

片付けものをしていたら昔の音楽会のプログラムが出てきた。一九六五年（昭和四十）一月の北大交響楽団の東京演奏会。会場は日比谷公会堂だ。

当時私は、北大オーケストラでコントラバスとチェロを弾いていたが、演奏には才能がなくもっぱらマネージャー役をやっていた。

二年の夏、先輩を中心に東京で演奏会をやろうという気運が盛り上がった。そのころはまだ札幌交響楽団も誕生したばかり。北海道の音楽は自分たちがけん引しているという生意気な自負があった。

大正時代から北大には二つのオーケストラがあり、互いに切磋琢磨して活動を続け、それが戦後に統一されて北海道大学交響楽団になった。出来はともかく名曲の数々を北海道初演として次々と演奏していた。

私の時も学生らしく高邁な志を掲げて、フランクのニ短調交響曲など難解な曲を演奏していた。すると、「学生はもっと易しい『運命』でもやっていれば良い」との批評を新聞に書かれ、憤慨して抗議のビラを市中でまいたこともあった。

さて、東京で演奏会を開きたいという思いは酒盛りをするたびに高まり、成り行きで私が実行委員長に任命された。そこで、私は先輩と一緒に顧問教官の岡不二太郎教授を訪ねた。

岡先生は北大三哲人（三奇人という人もいた）の一人に数えられた名物教授で、哲学、医学など三つの博士号を持ち、授業は自然科学概論。試験の問題はたったの一行、「犬は科学する、論ぜよ」というものだった。

この岡先生は、戦後低迷していた北大オーケストラを再興しようと奮闘していた、北大オケ育ての親である川越守さんの情熱に心打たれ、予算の獲得から練習場の確保まで、団員百五十名を超える北大一のマンモスサークルの運営に大きな力になってくれていた。

当時、学生オケは全国で隆盛し、東大オケや京大オケ、早稲田のオケも評価が高かった。北大オケの実力を東京で……と、私たちの心は強く東京に向かっていた。そして顧問教官の一人である岡先生に協力を依頼したのだ。

岡先生はしばらく黙っていたが、ようやく口を開き「江差追分は江差から天に上る。北大オケは何故東京から天に昇らなければならないのか」と我々の東京行きに反対された。

厳しい言葉だった。その時、先生になんと訴えたかは覚えていないが、私たちの燃え上がった青春の炎が消えることはなかった。

結局、演奏会は決行された。飛行機は高価で学生など利用できない時代、重い楽器を抱えて汽車と連絡船を乗り継いで東京に行った。ティンパニーなど大きな楽器を運ぶ楽器係の学生数人が、運搬トラックの手違えで楽器と一緒に汽車に乗り遅れるなど、多難な旅路ではあったが、多くの先輩の応援も得て演奏会は大成功だった。

銀座のビアホール「ライオン」の前で北大名物のストームを輪になって踊った。

朝日ジャーナル誌は他大学のオケと比較して「東大リアリズム。京大センチメンタリズム。そして北大ロマンチシズム」と我々の演奏を高く評価した記事を掲載した。

しかし帰札して愕然とした。岡不二太郎先生が、演奏会当日の日付で北大オケの顧問を辞任されていたのだ。

私は岡先生に突き放された感じがした。

そして今、六十年近く経って目にしたあの東京演奏会のプログラム。その中に、岡先生の小さな投稿があることに気が付いた。

「東京演奏会の世話役長沼修君の——楽団育ての親、川越守指揮の下にクラーク像見守る中央講堂で生まれる音楽を、雪をかぶって持って行く——という言葉も快い。その演奏は東都でも、平素のごとく、充分に北大風に響くであろう。北大交響楽団の遠来とその音楽に信愛を寄せてくださるようお願いする」

演奏会の時はマネージャーとしての雑事に振り回され、このプログラムを読む余裕はなかった。それが六十年を経て、見捨てられたと思った岡先生の優しさあふれる言葉に出会うとは……。岡先生はその後、北大オケはもうひとり立ちできると思ったのだろう。発足したばかりの邦楽愛好者の集まりである三曲研究会を熱心に支援しておられた。

改めて岡不二太郎先生の人間としての奥の深さと、未熟な学生への思いやりに感服する。

日本一のコレクション

いろいろなものを集める人がいる。私もフクロウの置物を集めたり、外国のコインを集めたりしたことがあった。ただ根気がなく、長くは続かなかった。

私の友人N氏はテレビの番組を集めている。その数は数万本。半端ではない。

私は放送局にいたころ、全国の放送局が制作した良質な番組を保存する放送番組センターの理事を委嘱され、そうした番組を全国の地方局に提供する番組委員長を長く務めたことがある。

テレビの番組は肖像権や著作権、隣接権などいろいろな権利に縛られていて、各放送局は一度放送した番組を外部に出したがらない。放送局の番組は、再放送やビデオ化といった二次利用の可能性を秘める宝の山でもあるからだ。

また制作者や出演者の権利を守るために、視聴者が自分で録画した番組を第三者に販売したり、有料で上映会を開催することは法律で固く禁じられている。だからどんなにたくさん番組を録画、保存しても、自分で個人的に視聴する以外に価値はない。

そんな中で友人N氏は、あくまでも自分で楽しむために番組の録画を始めた。今から二十年ほど前、丁度テレビがデジタル化に移行し始めたころからだ。

はじめのうちは旅行やゴルフの番組が中心だったが次第に熱中し、今ではあらゆるニュースやドキュメンタリー番組はもちろん、地方民放局のワイドショーまで、ほぼすべての番組を録画している。

録画装置は数十台。大きな自宅の二階をすべてそのために使い、それでも足りず近くのマンションに部屋を借り、そこでも録画している。

はじめのうちは録画したビデオテープで部屋が一杯になったが、最近ではほとんどがデータ化され、小さな箱のサーバーにすべて入るので何とかしのいでいる。

しかし録画するだけでは、見たい時に見たい番組を取り出せない。どこに何の番組が保存されているか、しっかり整理されていなければならないのだ。

N氏は深夜遅くまで、また朝早くからその整理に追われる毎日だ。寝不足で家族は健康を心配するのだが、本人はそれが楽しくて仕方がない。

ではN氏は、何のためにこんなにたくさんの番組を録画しているのだろうか。

その理由は、気に入った番組を見たい時に何度も観たいと思った、という純粋な動機。だが、今は録画する量が多すぎて、彼には録画した番組を観る時間がない。それでもたまには気に入った番組を選び出し、一人で大スクリーンに映し出して鑑賞するという至福の時を過ごすのが何よりの楽しみなのだ。

最近は4K番組も録画しているから、コレクションは増えるばかり。NHKのアーカイブに次ぐくらいの日本一の私的ライブラリーではなかろうか。今は放送済みの番組がネットで公開されることも増えたが、それらはまだ一部でしかない。

私も調べたいことがあって、放送日と番組名を参考に保存番組を見せてもらったことがあり、おおいに助かった。同じように過去の番組やニュースを探している人は多いだろう。これは、そういう人にとても役立つ大変貴重なコレクションだ。

ある人が言った。「将来、法律が変われば、莫大な利益を生む宝物になりますよ。自前で放送局ができるかもしれません」。

また別の知人が言った。「アメリカのIT企業が世界のコンテンツを集めていると聞きます。いつか大変な値段で買ってくれるかも知れませんね」。

しかし、N氏の番組コレクションはお金が目当てではない。お金が目的なら、永久に終わりのない、こんな無謀なコレクションはしないだろう。

N氏は私と同じ年でもう若くない。生きている間にこのコレクションが有意義に活用されることを願っている。

もしN氏に何かあれば、すべてゴミとなって捨てられるかもしれない日本最大級の番組コレクション。

ビー玉にパッチ――物のない時代に育った昭和男の夢を見た。

常の心

わが家の玄関に墨で書いた鷺《さぎ》の絵が掛けてある。書家の吉澤大淳《たいじゅん》さんからいただいたものだ。

吉澤さんは若くして書の大家・成瀬映山《えいざん》先生に弟子入りし、たちまち頭角を現し日展の特選を二度受賞、現在は会員審査員を務められているとか。

吉澤さんとは二十年ほどのお付き合いだ。十年ほど前には吉澤さんの住む下諏訪まで出かけたことがある。吉澤さんは七年に一度の大祭、諏訪神社の「木落し」を最高の場所で見せてくれた。

さてその吉澤さんから本をいただいた。宮本武蔵の『五輪書』の中から大切な言葉を抜き出しわかりやすく解説してある本だが、その文章一つひとつに吉澤さんの絵が添えられている。

その一つ、「常の心」という言葉につけられた吉澤さんの絵は、激流の流れに片足を入れた一羽の鷺がじっと流れの中の獲物を狙っているという構図。水の流れの躍動感と、静かにそして強い意思で流れの中を見つめる鷺の対比が素晴らしい。

吉澤さんにお会いした時に私は尋ねた。「あの川の流れはとても力強いのですが、どのようにして描かれたのですか？」。

吉澤さんは「ウーン」とうなって「そこを指摘されたのは長沼さんが初めてです。実は大きな紙に太い筆で力いっぱいいろいろな字を書いて、その中の流れに見える部分を四角く切り取って、そこに鷺を描いたんです。見破られましたか」とおっしゃった。そういえば、その流れの端のほうは紙からはみ出している。

吉澤さんは後日、その絵の原画を額に入れて送ってくれた。わが家の玄関にかけてあるのはそれである。

私は毎日出かけるときに、靴を履きながらこの絵を眺め、宮本武蔵の平常心を説く「常の心」を肝に銘じている。

緑の血

茶道裏千家の仕事を手伝っている。作法はできないが、会の運営のお手伝いをするのが私の役目だ。茶道は最も日本的といわれる文化だが、近年、子供や学生さんにもお茶をたしなむ人が増え、また海外での関心も非常に高い。

先日京都で、裏千家の先代の家元で、現在は鵬雲斎大宗匠《ほううんさいだいそうしょう》と呼ばれる千玄室《せんげんしつ》さんのお話を聞く機会があった。

大宗匠は今年九十五歳。会合の参加者の一人ひとりとしっかり握手をして歩かれ、お声にも張りがあり元気そのもの。今も国連親善大使や外務省の参与として世界中を飛び回り、茶道の普及と「一碗からピースフルネス」をモットーにお茶を通しての世界平和を訴え行脚しておられる。

大宗匠は毎晩床にはいる前に「空手前」をするのが常だそうだ。「空手前」とは道具を持たず、あたかも茶碗や茶杓を手にしているように想像し、作法通りに頭の中でお茶を点《た》てることをいう。もちろん、火も水もない。何万回点てたかもしれないお茶の作法の基本を、九十五歳になる今も「空手前」という方法で毎日続けられるその謙虚な姿勢は、どの道の修行にも通じるものだろう。

大宗匠曰く、「剣道の素振りのようなもんですよ。続けることが大切なんです」。暇な方ならいざ知らず、また若い人ならできるかもしれないが、白寿も近い今もって、寝る前に必ず作法の基本を繰り返す、その努力と謙虚さに恐れ入る。

大宗匠は仕事柄、一日何杯もお茶を飲まれるそうだ。健康と気力の源はそのお茶かもしれない。

「私の血はきっと緑色ですよ」と大宗匠は笑った。

（二〇一八・一・三十、「朝の食卓」）

母の教え

私は根気が続かない。何にでも興味を持ち、いろいろと手を出すのだが、さっぱり長続きしない。英語の習得も楽器の演奏も、すべて途中で投げ出した。

それに引き換え私の母は、何事にも一生懸命だった。小さいころから叔母に習った生け花を終生の仕事とした。たくさんの花束や重い花器を風呂敷に包んで、遠くまで出稽古に通っていた。

また茶道にも励み、近所の友達を集めては稽古を楽しんでいた。正月の初釜にはたくさんのお弟子さんが集まり賑やかだった。

ある時、その母が突然書道を習い始めた。好きな茶道に書道は欠かせないとのことだった。夫を早くになくし、子供たちが六人もいて、母は育てることに追われ大変だったと思う。その母親が松本春子先生の「さわらび会」に入門し稽古に熱中し始めた。

毎月何枚かの作品を本部に送っては、配達される会報に小さく名前が載るのをとても楽しみにしていた。またある時は、母の書いた書の写真が会報に掲載され、小躍りして喜んでいたこともあった。

ある夜、一日の仕事を終えた母は畳に紙を広げて何やら書き出した。深夜になっても止めそうもないので、私は先に休んだ。

そして朝、起きてみると母はまだ畳に座って、一心に字を書いている。壁には夜を徹して書いたであろう、たくさんの習字が一面にぶら下がっていた。六十歳を過ぎても新しいことに挑戦する母に私は感心した。しかし、間もなく母は突然他界した。

今私は七十七歳。多くのことに挑戦したが、何一つ身に着けていない自分にあきれる。ジャズベースも長くやっているのだが、時々気ままに楽器に触る程度なのでさっぱり上達しない。人生は一度きり。あと何年生きられるかわからないが、生きている間に、華麗にベースを弾きたいと思う。そのためにはもっと練習しなくては……。

「才能がなければ努力すべきだ」と教えてくれた先輩の言葉を思い出す。

二、先人たちのこと

先祖調べ

年をとるにつれて自分のルーツは何者だろうかと、先祖のことが気になってくる。家系図の作り方を教える文化教室も賑わい、立派な系図を作って高く売りつける業者もいる。

私も先祖調べに一時興味を持ったことがあった。

私の父の家は長野市の善光寺東方、千曲川《ちくまがわ》沿いの長沼という地域に昔からある小さな神社だ。社《やしろ》の周辺には先祖代々の墓がたくさん並んでおり、本家の床の間には戦国時代からの霊璽《れいじ》(位牌)がずらりと祀られている。だから、わが家の系図は戦国時代までは確実にさかのぼることができるのだが、問題はそれ以前だ。

言い伝えでは社は平安時代からあり、わが家はこのあたりの地名と同じ長沼の姓をはじめから名乗って草分けと呼ばれてきたとのこと。そして後継ぎ以外には、長沼という姓の使用を禁じていたらしい。では、この近くで長沼という姓の家は、戦国期以前の記録にあるのだろうか。

私は国会図書館や長野の資料館に足しげく通い、この地で長沼という姓を名乗った家を探してみた。そしてようやく見つけたのが、島津正統系図(島津文書)の小さな記述。

「鹿児島の島津家の始祖・忠久は源頼朝から九州南部と信濃の長沼周辺を領地として授かり、忠久の孫の一人、高久が長沼に住み、長沼と名乗った」と書いてある。私は飛び上がらんばかりに驚いたが、その記述はそこまででその後のことが書いていない。どこを調べても出てこないのだ。

長沼のある信州北部は南北朝時代や戦国時代には幾度となく戦乱に明け暮れ、各家はさまざまに主君を変えたので、その都度、出自を隠したり、家の歴史を書き換えたりもしたようだ。

諏訪神社に伝わる古文書などに、北信濃周辺の戦いの記録が残されており、そのなかに長沼氏はたびたび登場するが、それがわが祖先であるという確実な証拠は見つからない。

わが家は諏訪社系の社家であるが、千曲川は何度も洪水をおこし、また社殿も火災や洪水にあい、そして川中島の戦いでは上杉謙信と武田信玄の双方が奪い合う陣地にもなったから、その時期、一切の記録を失ったのだろう。

一般的に武家の家系は「尊卑分脈《そんぴぶんみゃく》」や「寛政重修諸家譜《かんせいちょうしゅうしょかふ》」などの記述を引用するが、それらの文献もほとんどが江戸時代になって書かれたものや修正されたもので、すべてが真実を書いているとは言えそうもない。

そんな中で、鹿児島の島津家は、源頼朝の御家人として長きにわたり九州南部を支配し、そして戦国期も絶妙の政治力で乗り切り、さらには幕末の動乱も日本をリードする形で活躍した名家だ。この島津家の家系は専門家により詳しく研究されているが、信州の島津長沼家のその後についてはまだ未研究のようで不詳である。

私はある会合で、現在の島津家当主である島津修久《のぶひさ》さんにお会いした時に「実は私の先祖は島津家の始祖・忠久《ただひさ》公の孫であるらしい」と話したら、修久さんは「そうですか、何せ親族・係累は全国に何万人もいますからわからないことも多いですよ」と笑っておられた。

八百年の時間をさかのぼるのはとても難しいが、その旅はロマンに満ちて面白い。

馬いらず

調べものをしに北海道立図書館の北方資料室に行った。

そこには、北海道初の屯田兵として琴似に入植した会津藩士・山田貞介、勝伴親子が集めた開拓の記録「山田文庫」がある。

その資料をめくっていくと、明治以降の開拓者の姿が生き生きと浮かび上がってくる。

私も琴似屯田兵の四代目だが、十六歳の若さで仙台から入植した曾祖父の名も、ちぎれそうな古文書の断片に見つけることができた。

資料の中に一九一九年（大正八）の琴似村の村勢一覧があった。それによると、当時の琴似村の戸数は一一九三戸、人口七六二七人。馬がなんと七二七頭、牛が七一九頭も飼われている。そして興味深いのは、車がたった四台、自転車も十六台しかない。

まさに馬が動力の時代だったのだ。

加えて興味深いものが見つかった。新発売の農機具のパンフレットでその名も「馬いらず、自働耕作機」。東京の会社が輸入したものらしく「自動」ではなく「自働」(自ら働く)となっている。

これを使うと、一日の耕作面積は一町六反(約一万六〇〇〇平方メートル)、能力は四馬力とある。まさに機械が馬にとって代わった瞬間だろう。

私たちの身の回りは、今やITを通り越してAI(人工知能)時代に入ったという。あと少しすれば、「人いらず」という道具が世にあふれるかもしれない。

(二〇一七・三・一、「朝の食卓」)

日々《にちにち》雑志記

今年（二〇一八年）は北海道命名百五十年、明治維新百五十年の年でもある。私の母の祖父は戊辰戦争に敗れ、薩摩、長州を中心とした官軍に刃向かったとして、仙台南方の故郷、亘理《わたり》の地を追われ、一八七五年（明治八）に北海道最初の屯田兵として十六歳で琴似に入植した。病身の父と家族を支えながらの移住であった。ようやくたどり着いた琴似で、やはり官軍に徹底的に抵抗した会津藩の人たちなどと、軒を並べての苦しい生活が始まった。

そして二年後の一八七七年、西郷隆盛の蜂起による西南戦争が勃発し、こともあろうに琴似と山鼻の屯田兵に出動命令が出た。東北の故郷を追われ、ようやくこの地に荷をほどいてまだ生活もままならないうちに、屯田兵たちは遠く九州まで遠征し、かつての仇敵、薩摩の軍勢と戦うことになる。

そして祖母の父、安細《あんざい》良治も屯田兵であった。西南戦争に参加した良治は、四月一日の琴似出発に始まり、熊本から宮崎までの西郷軍との激しい戦いのすべてと、九月三十日に琴似に帰還するまでの百八十三日間を小さな雑記帳に克明に記録した。この日記「日々雑志記」は、琴似神社に奉納され社宝となっている。

これを読むと、西南戦争における屯田兵の戦いが手に取るようにわかる。

そもそもこの戦争は、新政府の政策に不満を持った薩摩の旧武士たちが西郷隆盛を頭に仰ぎ決起したのが発端だ。これを鎮圧しようとした政府軍も薩摩出身の大久保利通らが統括していたから、この戦いは薩摩同士の闘いだったともいえる。

そこへ遠く離れた北海道から、戊辰戦争の敗残兵で組織された屯田兵に、西郷軍討伐への出撃が命じられたのだ。

屯田兵の多くは戊辰戦争で、親兄弟を薩摩や長州からなる官軍に殺され、故郷を追われた会津や仙台の人たちだ。彼らにとって今度の戦いは、肉親の仇を討つ絶好の機会でもあり、また政府軍の一員という立場で賊軍の薩摩の兵と闘うという誇らしい大義もあった。

積年の怨念を秘めた屯田兵の闘いはすさまじいものだったが、上官は皆、薩摩の出身者。それこそ親や兄弟が西郷軍にいる。大隊長の永山武四郎ら薩摩出身の幹部にとっては気の進まない戦いであっただろう。しかし最前線で闘う屯田兵にとっては、賊軍の汚名を晴らし父や兄の仇を討つ、命を懸けた激しい戦いであった。

西南戦争終盤の八月一日、宮崎の一ツ瀬川の戦いの様子を綴った日記の一部を抜粋する。

「午前三時進撃なり。午前八時ころより第二中隊の方にて打ち合い始まり、河を双方にて中に挟み、その戦いは実に烈しきこと。戸板に豆を打つごとく。(中略)その時、第一中隊真柳六蔵股を打たれ、又桜井清春は頭を打たれて即死」

この真柳六蔵が私の祖父の父である。彼は片足を失ったが、運よく一命をとりとめて帰還。後に、この日誌を書いた安細良治の娘を長男の嫁として迎え、私の母が生まれた。

この戦いで屯田兵の戦死者は七人、病死者を含めると十七人が亡くなった。不思議に思う。戊辰戦争で敗れ、仙台や会津を追われて、ようやく琴似に落ち着いてまだ二年。食糧も自給できない状態の中で、屯田兵たちは何故二〇〇〇キロも離れた九州の戦いに駆り出されねばならなかったのだろうか。

降伏した敵軍の兵を、今度は自軍の兵として最も危険な最前線で闘わせるのは、戦国時代の記録でも数多くある戦術だ。現に日露戦争最大の山場となった二〇三高地の戦いでも、その最前線にいたのは屯田兵を中心とした旭川第七師団の兵隊たちであったという。

つまり、西南戦争において屯田兵は、薩摩、長州を中心とする新政府軍の盾にされたということか。

そんな疑問を胸に、曾祖父が命がけで記録した「日々雑志記」を読み返している。

西郷隆盛の謎の手紙

一八七五年（明治八）の琴似に続き、二番目の屯田兵村として全国各地から武士たちが移り住み、開拓にいそしんだ山鼻屯田兵の末裔の家の物置から、最近、西郷隆盛の手紙が三通見つかった。私も会員の末席に名を連ねている北海道屯田倶楽部で、今、その解明を進めている。

その手紙の一通は、一八七七年の西南戦争で最大の山場となった田原坂の戦いの最中に、西郷隆盛（吉之助）が、当時新政府方の鹿児島県令（知事）を務めていた親友大山綱良（格之助）に宛てたもの。その内容は、「我々は勝ち負けではなく情理を通すために立ったことを理解してほしい……」と自分が決起したその思いと正当性を訴えるものだった。

しかし、この手紙が書かれた翌日の一八七七年三月十八日には、綱良は西郷に加担したとして身柄を拘束されており、同年九月三十日に彼は斬首されている。西郷が自刃した翌月のことである。

この手紙の最後には「明治十年十一月十七日夜写す」と書かれている。つまり、この手紙は書き写されたものだ。おそらく手紙の原本は押収されていただろうから、これを写すことができるのは警察か新政府軍の関係者と思われる。

屯田兵の幹部には薩摩の出身者が多く、西郷に心酔しているものもいたろうから、彼らが政府内の薩摩ルートを経て入手したものかもしれない。

しかし、手紙を保存していたのは薩摩出身者でもなく屯田兵の幹部でもない。

この手紙を大切に持っていた屯田兵とはどんな人なのだろう。名を岩崎多三郎とい い、宮城県の出身ということになっている。しかし記録によると、この人物が屯田兵になったのは四十七歳。屯田兵の応募規定は三十五歳までだったから、特別な存在ということになる。また、屯田兵は家族があることが条件だったのに多三郎は生涯独身。晩年には会津藩出身者の係累を養子にして家督を譲り、本人は石狩川の河口近くで隠遁の生活を送ったそうだ。

当時の日本の警察のトップは川路利良《かわじとしよし》。彼はフランスに留学し最新のスパイ学を学び、それを日本の警察に取り入れた。川路は密偵を全国に配置し、職を失いくすぶる不満武士をけしかけて暴動を起こさせ、それを武力で鎮圧した。萩の乱、佐賀の乱、そして西南戦争も川路の仕掛けという説がある。

とすれば屯田兵は、十年前の戊辰戦争で最後まで官軍に激しく抵抗した会津藩や仙台藩の武士からなり、しかも近代兵器で武装している。彼らはとても危険な存在ではなかったたか。その中に政府軍や警察の密偵が配置されていても、何ら不思議でない。

もしかして多三郎は何らかの使命を持った人物であったのかもしれない、と勝手な想像は限りなく広がっていく。

山鼻屯田兵の子孫宅の物置から見つかった西郷隆盛の手紙については、現在、北海道屯田倶楽部の会員がその真相を探っている。

たった数枚の紙きれが、一人の人間の生きざまを想像させ歴史の謎を語りかけてくる。だから歴史は面白い。

二〇二五年には屯田兵入植百五十年を迎える。それを記念する面白い小説を書いてみたいものだ。

許されざる者

北海道命名百五十年とかで「松浦武四郎」に関する番組やイベントが続いていた。それはそれで結構なことだが、北海道の百五十年は一人の人間では語りつくせない。伊達藩の諸家や徳島藩稲田家などの士族の移住、また宮家の農場開拓、帯広の晩成社など開拓に燃える民間人の移住、そして全道三十七か所に四万人もの人が移り住んだ屯田兵。さらには炭鉱や漁業に従事する人たち、そして引揚者の戦後開拓も忘れてはならない。

歴史はしっかり伝えないと誤解や偏見が生まれる。例えば、最近偶然見た映画「許されざる者」。北海道を舞台にしたこの映画は、一九九二年のアカデミー賞作品賞を受賞した、クリント・イーストウッド監督・主演の同名の映画をリメイクしたもの（二〇一三年公開）。私はこの映画の中で描かれる屯田兵の姿に愕然とした。彼らはアイヌの集落に集団で押しかけ、耳輪をひきちぎるなど暴力の限りをつくすのだ。どうりで最近、屯田兵はアイヌの人たちをいじめたのですね、と聞かれることがあり怪訝に思っていた。

私は大学の卒業論文で、最初の屯田兵村である琴似兵村の成り立ちとその分解について調べた。つまり琴似屯田兵およそ二百六戸（二百八戸という説もある）が、どこから来ていつどこに移転していったかという調査である。調査を開始したのは一九六三年（昭和三十八）だったから、そのころはまだ最初の屯田兵の二世が健在だった。私は祖父や古老たちから話を聞いて歩いた。

その結果、琴似屯田二百六戸の内、四分の一が会津藩出身で、戊辰戦争に破れ、青森の斗南《となみ》を経て屯田兵に応募した。そして半分は、仙台南方の亘理地方を治めていた亘理伊達家の侍たち。彼らも会津を支援したことにより賊軍とされ、その領地を取り上げられた。そのほかは庄内藩など東北の各地、石川県や長野県から入植したものもいる。

今の琴似の駅前通りを中心に、縦に二十戸、横に十列とさらに八戸の住宅が用意され、最初のうちは先に発寒に入植していた人たちによって炊き出しが行われるという比較的恵まれた入植であった。

屯田兵の役割は開墾の他に、北からのロシアの侵攻に備えるための軍隊の役割も担っていたので、毎日の訓練もきつかった。朝は四時にラッパの音で起床し厳しい訓練の後、家族総出で大木の伐採などに従事した。

しかし開墾が進み、新琴似や新川の方まで畑が拡がりどんどん遠くなると、畑に通う時間がもったいなくなってきた。そこで軒を寄せて暮らしていた兵村に住むのをやめて、開墾した畑に家を建てて住むことを希望するものが現れた。

結局、一八九三年（明治二十六）に移転が認められ、各家はそれぞれ割り当てられた自分の土地に家を建て移動していった。各家一万五千坪。今の山の手や八軒、新川の土地である。

各家にはそれぞれ事情があり、跡継ぎのいないものや西南戦争で家長をなくしたもの、さらに大きな夢を追いかけて樺太《からふと》に移住するもの、札幌農学校に進み勉学にいそしむものなど、皆チリジリになっていった。現在、琴似に住んでいる末裔は三十戸ほどと思われるが、入植時と同じところに住んでいる者は二戸しかいない。

この取材を通して、屯田兵がアイヌの人たちをいじめたとか略奪をしたという話は一度も聞かなかった。

もちろん、屯田兵村は全道に広がっていたから、各地でいろいろなことがあったろう。しかし、屯田兵が組織としてアイヌの人たちの集落を襲ったという記録は、見つかっていない。これについては現在、屯田兵制度を研究する「北海道屯田倶楽部」のメンバーがさらに調査中だ。

歴史は正しく伝えられなければならない。もちろん表現の自由はあるが、それは歴史をゆがめるものであってはならない。

私も映像制作者の一人として、娯楽の表現のために歴史を誤って伝えるという〝許されざる者〟になってはならないと自戒することにしよう。

第三章

「楽」

一、札幌ドームの裏側で

ドームにＵＦＯ？

札幌ドームの東の空にはよく虹がでる。昨年の秋には二本の虹が同時にかかった。また、南の空には宵の明星が現れる。ドームからみて羊ケ丘の展望台の上に、それはまるでＵＦＯのように明るく赤く輝くのだ。

私はドームの上空にはＵＦＯが飛来していると思っている。銀色に光るドームの大きな丸い屋根は、宇宙人にとっても、とても興味深いものだろう。大きな芝生のすり鉢の底に横たわる屋外のサッカーグラウンドは、まるでＵＦＯの着陸場に見えるに違いない。

私がドームで仕事をするようになった時、スタッフのみんなに訊いてみた。

「誰かＵＦＯを見た人はいませんか？」

グラウンドキーパーの女性が小さい声で言った。

「私、見ました。ドームの上空、雲の間から差し込む光の中に、円盤のような光る物体がゆらゆら揺れて浮かんでいたんです。二回見ました……」

ＵＦＯを信じる人も信じない人もいるだろう。私も架空のことだと思いながら、できれば宇宙人に会いたいと思っている。

野球やサッカーやコンサートの歓声につられて、ＵＦＯは時々飛んできているのではないか……。

朝夕の出退社の時、私はいつも空を見上げて歩き、つまずいて転びそうになるのだが、今年こそＵＦＯに会えそうな気がして秘かに期待している。


（二〇一六・一・一、「朝の食卓」）

動くグラウンド、世界に衝撃

インターネット上の会員制交流サイト、フェイスブックの画面に突然札幌ドームが映った。「日本人は怖い！」という刺激的な見出しがついている。何事かとよく見ると、野球場からサッカー場への場面転換の様子が早送り映像で紹介されている。ドームのホームページから引用したものらしい。

札幌ドームは世界で唯一、天然芝のサッカー場と人工芝の野球場を併せ持つ全天候型の多目的ドームである。その場面転換は、造船所で使う高度な技術を利用し、巨大なサッカーグラウンドを浮き上がらせて移動するという、世界に類を見ないダイナミックなものだ。

この映像はフェイスブックを通して数日間で世界を飛び回り、およそ百万人近くの人が見たと記録されている。

専門家による技術的な解説と合わせて、世界各国からの驚きの声の一部が日本語に翻訳され紹介されている。
「なんだ、これは。衝撃的だ！」（アメリカ）
「想像できないよ」（メキシコ）
「俺たちの国は完全に取り残された」（イギリス）
「どこにあるの？」（トルコ）
「日本人は怖い！　怖い！」（プエルトリコ）
「人類ってスゴイなぁ！」（ベトナム）
などなど。
改めて思う。私たちは世界に誇れる素晴らしい宝物を持っている。これを作ってくれた先人に感謝し、改めて、この施設をしっかりと守り抜いて行こうと心に誓うのだ。

（二〇一六・五・十七、「朝の食卓」）

招かれざる客

何かと話題の札幌ドームは、この夏、開業十五周年を迎えた。七月中には累積来場者は四千万人を超えるだろう。ありがたいことだ。

しかし、ドームのお客さまは人間ばかりではない。自然に囲まれた札幌ドームには、夏、冬を通して百種類もの動物がやってくる。キツネやリス、ウサギ、さまざまなトンボやチョウ。数年前には柵を乗り越えてシカも侵入した。

鳥もたくさんやってくる。ドーム奥の池や森には、アオサギやカモやヤマゲラ。西側の松の林には、幸せを呼ぶ青い鳥・オオルリもくる。貴重な鳥がドームの窓にぶつかってけがをしないように、天敵である大きなタカの絵を窓ガラスに張ったところ衝突事故は激減した。

中には歓迎されない鳥もいる。それはカラスだ。

今年三月のサッカー開幕の直前、お客さんが並ぶ北ゲートの近くでカラスの巣が見つかった。カラスは子育ての季節に入ると凶暴になる。事故が起きないよう丁寧に撤去させてもらった。

そのカラスがドームの中に舞い込んだことがある。

カラスは気ままに飛び回り、高い天井の梁《はり》に止まって出て行かない。明日は大事な野球の試合、オレも見たいということなのか。しかし、ホームランの歓声に驚いてカラスが場内を飛び回っては困るのだ。ピッチャーの頭の上にフンを落とすことだってあるかもしれない。

スタッフは散々知恵を絞ったあげく、カラスの好むごちそうを用意してようやく捕獲、無事にお引き取りをいただいた。招かれざる客である。

（二〇一六・七・四、「朝の食卓」）

お風呂の椅子の忘れ物

野球にサッカーにコンサート。札幌ドームは連日たくさんの人で賑わっている。しかし、忘れ物も多い。

何かを忘れた人はコールセンターに電話をしてくる。慣れたスタッフが忘れ物の特徴を聞き、きちんと整理された忘れ物の中から探し出し、しっかり確認してからお返しする。

多いのはやはり傘だ。天気が悪い日は数十本の傘が忘れ物となる。続いて応援グッズ。プラスチック製のバットやチーム名を染め抜いた旗やタオルなど。そして色とりどりの敷物。お尻の下に一日敷かれ、挙句の果てに置いて行かれてはかわいそうだ。

中には変わった忘れ物もある。たとえば入れ歯だ。椅子の下に落ちていた。レアード選手のホームランに感激して大声を上げた途端、飛び出したのだろうか。

ある人気グループのコンサートの翌日、忘れ物の中にピンク色をしたプラスチック製のお風呂の椅子があった。何のためにこんなものを持ち込んだのだろう。スタッフは首をひねって考えたのだが思い浮かばない。

そのうち小柄な社員が答えを出した。これに乗って背伸びをしてコンサートを見たに違いない、と。なるほど、コンサートは盛り上がると皆総立ちになる。持ち主はこのピンクのお風呂の椅子に乗ってコンサートを楽しんだのだろう。

しかし、もし転倒してけがをしたら困る。また、誰かが躓《つまず》いて大きな事故になる可能性もある。結果、入場時のチェックを強化し、危険につながると思われるものは持ち込まないようにお願いしている。

以来、お風呂の椅子の忘れ物はない。

（二〇一六・十・二十三、「朝の食卓」）

進化するドーム

二〇一七年二月十九日、「二〇一七冬季アジア札幌大会」の開会式が札幌ドームで行われた。三十二の国と地域から、約二千人の選手、役員が参加し、三万人もの観客が華やかなセレモニーやショーを楽しんだ。

国を代表して皇太子殿下もご臨席になり、大会の開会を宣言された。

そのアジア冬季大会の余韻が残る中、札幌ドームでは今日から、プロ野球のオープン戦が始まる。昨年、粘り強い戦いを重ねて、劇的に日本一に輝いたわが北海道日本ハムファイターズは、今年も大いに市民、道民を楽しませてくれることだろう。

そしてサッカーの北海道コンサドーレ札幌は、一足早くJ1のステージで戦っている。二月二十五日の開幕戦は仙台で行われたが、札幌ドームでもパブリック・ビューイングが実施され、大スクリーンに映し出されるコンサドーレの選手に、ファンは熱い声援を送っていた。

私は、ドームは絶えず変化することが大切だと思っている。二年前に九億もの資金を投じて設置した大型ビジョンは、野球やサッカーの試合を一段と楽しいものにしているし、アジア大会の開会式でも重要な役割を果たしていた。そして今年は、音響設備が更新されている。これまで三十八個だった天井のスピーカーを八十二個に増やし、最新のものに取り換えた。そして大階段前のビジョンも、開幕までには新しくして見やすくなる。

加えてトイレ。現在、札幌ドームにはおよそ三百六十個のお客様用個室トイレがあるが、まだ足りないとのご意見をいただく。特にコンサートの開演直前には、五万人もの入場者が一斉に駆け込むから、どのトイレも長蛇の列となる。

ドームができたとき、これらのトイレの半分は和式だった。しかしお客様のニーズに合わせて毎年少しずつ、これまで百四十九個のトイレを洋式に変えてきた。洋式は場所もとるし器具も高価。さらに使用する床面積も変わるので、間仕切りや配管の変更、床材の張り替えなどたくさんの費用と手間がかかる。

さて、これらの費用はだれが負担しているのか。それはドームの収益から捻出されている。ほかに客席階段の手すりの改善や日常のさまざまな修理など、施設の維持や改善のためにドームの利益のほとんどが使われている。

このことは、ドームへの税金投入の抑制にも大きく寄与していることになる。札幌ドームはこれからも、選手やお客様がより利用しやすいように変化し続けるだろう。

（二〇一七・四・七、「朝の食卓」に加筆）

近藤選手のビールかけ

二〇一二年十二月二日、日本ハムファイターズの三年ぶり六度目のリーグ優勝が決まった。札幌ドーム地下の一角にビニールシートに覆われた特設のビールかけ会場が設置され、目にはゴーグル、首にはタオルを巻いた選手たちが続々と入っていった。一番最後に入団一年目の近藤健介選手が、やはり首にタオルを巻いて会場に入ろうとした。ところが入り口にいたファイターズの女性職員が、「あんたはダメ、言われているでしょ！」と腕をつかみ制止した。

このとき近藤選手はまだ十九歳、未成年者にビールかけはご法度だった。入団初年度から大活躍した近藤選手は我慢が出来なかったのだろう。しかし、彼が頭からビールを浴びる姿がテレビに映れば批判の声も出る。女性職員の配慮は正しかった。

ビニールテントの中では一斉にビールかけが始まり、喜びに沸く選手たちの歓声が響いた。近藤選手は入り口のドアの隙間から、うらやましそうに中をのぞいていた。そばにいた私は彼にそっと声をかけた。「また優勝して、思い切りビールをかけたらいいよ」。彼は「ハイ！」と元気よく答えた。

それから四年後の二〇一六年九月二十八日、西武ドームで優勝を決めたファイターズのビールかけが現地からテレビで中継された。そこには、うれしそうにビールを頭から浴びる近藤選手のはじけそうな笑顔があった。

数日後、札幌ドーム地下の廊下で近藤選手とばったり会った。私を見つけると彼は立ち止まり、にっこり笑っていった。

「ビールかけ、やりました！」

その近藤選手は、今や日本球界の宝として大活躍している。何度でもビールかけをしてほしいと思う。

さようなら札幌ドーム

あと数日で、私は札幌ドームの勤めを終える。苦しいこともあったが、やりがいのある仕事だった。野球にサッカーにコンサート。ドームを訪れたたくさんの人たちが、無心になってイベントを楽しむ姿は、美しいとさえ思えるほどだった。

オリンピックやワールドカップのために建てられた施設で、その後の運営がうまくいっている例はまれだと聞く。そのため世界中から視察が相次いでいる。

思い出に残る仕事はたくさんあるが、テレビ出身の私は特に映像に力を入れた。二年前に完成した大型ビジョンは、札幌ドームの楽しみを倍増させたのではないか。

近年、最大のお客様であるファイターズさんが新球場を建てるという話が持ちあがった。

自分の家を持ちたいと思うのは当然のこと。それは尊重されるべきだろう。しかし札幌は、年間累積五メートルもの積雪がある特殊な地域だ。ここで民間のドーム球場を運営するのは、とてもコストがかかり大変だと思う。

夢は夢として描き続けながら、リーグ優勝五回、日本一は二回というこれまでの札幌ドームでの実績を評価して、ドームを本拠地に末永く北海道のチームとして愛されてほしいと思う。

B・Bやドーレ君、みんなで植えたアーケード北側のヤマボウシが満開だ。

（二〇一七・六・二十三、「朝の食卓」）

なんか変だな

ファイターズ球団が新球場を建てるという構想が発表されてから、もう一年半になる。新球場の場所については、あっちだこっちだと連日メディアを賑わすが、その採算性や莫大な資金対応など、計画の軸となる部分は全く見えてこない。

さらに最近の報道では、球団は札幌市に対し、真駒内地区について提案してほしいと要望しているようだ。どうして札幌市が提案するのだろう。なんか変だなと思う。

もちろん、プロ野球は多くの市民に喜びを与えているが、営利が絡む以上、他の娯楽施設と同じように、利益を得る企業が自分で計画し準備をするのが当然だ。また、プロ野球は地域への貢献もしているが、球団を所有する親会社の宣伝媒体であるという本質は変わらない。

現在の札幌ドームは多目的施設であるため、使い勝手に問題があるという。私はこの六月まで札幌ドームの社長をしていたが、野球を楽しめないほどの欠陥があるようには思えないし、輝かしいチームの実績もある。傾斜が急だと指摘された階段も、北広島に通ったり、また真駒内公園まで歩いたりすることを考えるとまだましだ。

新球場は誰にとって必要なのか。札幌市民は大きな負担を背負ってまでして、本当に新しいドーム球場を必要としているのか。

球団はもちろんのこと、札幌市と球団を所有する親会社の双方も、この問題について詳しく説明する必要があるのではないか、という市民は多い。

（二〇一七・十一・二十一、「朝の食卓」）

新球場の未来

北広島で新球場の建設が始まっている。二〇二三年の完成を、楽しみにしているファンも多いだろう。

私は札幌ドームの経営に携わってきたから、球場経営については少なからず知識を持っているつもりだ。その私の経験からすると、これまで発表されてきた情報では、北広島の新球場は経営的なリスクが大きすぎると思っていた。

例えば、札幌ドームでは年間の稼働率は五〇パーセントを超えていた。つまり二日に一日はイベントをやっているということ。では、新球場はどうだろう。天然芝の新球場では、重機などをグラウンドに入れるコンサートなどのイベントは難しく、野球だけなら年間七十日前後の稼働とならざるを得ない。しかし、それでは経営は成り立たないだろう。

北海道はたくさんの雪が降る特殊な地域だ。本州の球場とは根本的に違う。冬期の排雪や暖房の経費は経営を圧迫するし、半年間の営業ではとても厳しい。ホテルやショッピングセンターなど周辺の施設で収入を補うとの説明もあったが、その計画は漠然としたものしか発表されていない。果たしてどれだけの人が行くのだろうかと心配しているのは、私だけではないようだ。

いやいや、もう建設は始まっている。きっと何か秘策を持ち、確かな勝算があるのだろう。

もちろん、すべての結果を実施主体である企業の責任で完結するのなら、何も言うことはない。私の心配は失礼な言いがかりと叱られるだろう。

しかし、北広島市のように自治体が大きな負担をし、北海道が道路整備のために多額の税金を投入するのであれば、新球場の経営の永続性や安定性に道民が関心を持つのは当然だろう。民間事業の大きな施設が経営に行き詰まり、自治体が後始末をしている例がたくさんあるからだ。

私の心配が取り越し苦労であることを祈っている。
野球は北広島で――。新球場が満員の観客であふれ、末永く地域の繁栄に寄与することを願わずにはいられない。

二、ゴルフ余話

オーガスタの靴

二〇〇一年四月、アメリカのジョージア州オーガスタ。タイガー・ウッズがメジャー四連覇をかけて盛り上がっていた世界最大のゴルフトーナメント、マスターズを見る機会があった。

速いグリーンに白い砂のバンカー、花いっぱいのアーメンコーナーに果敢に挑戦する世界のトップゴルファーの美技。マスターズの見どころは多いが、私の目に強く焼きついたのは大会役員の履いている靴だった。

グリーンジャケットの幹部ばかりでなく、コース内を歩き回り、いろいろな仕事に携わる紺ブレザーの関係者の靴がみなピカピカの黒靴で、高級なフォーマルシューズにさえ見える。そのカッコ良いことと言ったら、特にオシャレでもない私の脳裏に、何故かしっかりと焼き付いて、日本に帰ってからもその靴が忘れられない。

ゴルフショップを覗くたびに、あの「オーガスタの靴」はないかと探すのだが、これがなかなか見つからない。

二年ほども探し続けただろうか。ある日、札幌のとあるゴルフショップでついに見つけた。全く同じではないのだがイメージは近い。黒のひも付きのフォーマルタイプで、そのまま街なかでも履ける感じ。しかしこの靴の値段が高いのだ。私が普段履いているビジネスシューズなら三足は買える。

さあ、どうしよう。たかがゴルフの靴ではないか。一年に三十回履くとして一回あたり幾らになるのだ。でも、今買わねばまた何年も探すことになる……。「エイヤ!」と思いきってその靴を買ってしまった。

その「オーガスタの靴」を履いて初めてのゴルフ。同伴者は取引先のお偉いさん。ゴルフ場に着いたら先方はもう着替えてコーヒーを飲んでいるとのこと。あわてて靴を履き替えレストランへ。

そして早めのスタートでハーフを終えて一休みしようと、靴の底に汚れ取りのエアブラシをかけて驚いた。私の新しい靴の底にあるはずの金属製のピンがないのだ。「あれ、落としたかな?」と思ってよく見ると、十本ほどあるはずのピンが一本もついていない。靴の底がツルツルなのだ。「えっ! 全部ピンが落ちた?」。まさかと思ってもう片方の靴の裏を見ると、こちらは全部付いている。「どうしたのだろう?」とよくよく見直して驚いた。ピンのない靴は今日履いてきた普通の革靴。つまり、ゴルフシューズは片方しか履いていなかった。

右の足には普通のビジネスシューズ、左の足にはゴルフシューズ。それで半日ゴルフをして、そのことに気がつかない間抜けな私にゴルフをする資格などあるのだろうか。しかもグリーンの上を、片足だけれど普通の革靴で九ホールも歩いたことになる。

あり得ないマナー違反だ。

朝、ロッカールームで紛らわしい靴をあわてて履いた結果らしい。お客さんは大爆笑。穴があったら入りたいほど恥ずかしかった。

マスターズの季節になると、この靴のことを思い出す。

（二〇一一年五月、札幌ゴルフ倶楽部会報に掲載）

夢のイーグル

十年ほど、男子プロゴルフトーナメントの主催者を務めたことがある。大会のスポンサーは健康食品メーカーのサン・クロレラ。当時社長の中山哲明さんはとてもゴルフを愛しておられる方で、プロゴルファーの青木功さん（現ＪＧＴＯ会長）をコマーシャルのキャラクターに起用していたことから、私も十数回、青木プロと一緒にプレーする機会に恵まれた。

ある年のプロアマ戦。主催者の私は、当時人気絶頂の石川遼プロと大会ホストプロの青木功プロ、そして、サン・クロレラの中山社長と四人で一緒にプレーすることになった。

プロアマ戦は、四人が打ったボールの一番良い位置のボールを選択し、そこから皆が順番に打っていくのがルール。

小樽カントリークラブの十三番、距離もありバーディーは難しいといわれるロングホール。第一打は青木プロが打ったフェアウェイど真ん中のボールを選択。第二打は強いアゲンストの中、残り二六〇ヤードを石川プロは三番ウッドで強烈なドローボールを打って右の林の上を越え、大きく左に戻してピン下二メートルにジャストオンさせた。さあ、イーグルチャンス。

だれがパターで入れるか。中山社長の「ドーゾ」という声につられて思わず私が打ったパットは、スーと入って生涯初めてのイーグル。しかも世界の青木功、人気者の石川遼、そして私の三人で完成したイーグルだけに忘れえぬ出来事となった。

しかし、ちょっと待て。あの三打目は「どうぞ」といわれても遠慮して、スポンサーである中山社長に打ってもらうべきではなかったのか。

後で営業経験の長い友人に訊いてみると、「そんなことはあまり考えないほうがいいね。第三打を譲っても入らない可能性があるよ。自然体が一番だ」と慰めてくれた。

夢のようなイーグルは、貴重な思い出になった。

本物のアスリート

とある若手の女子プロを交えて、青木功プロとラウンドをご一緒した時のこと。プレーの後の食事の席で、青木プロがその女子プロに「あんた、しばらく勝てないな」と言った。その女子プロが恐るおそる「どうしてですか？」と訊くと、「あんた、顔が悪いんだよ……」と言った。同席していた私たちは凍り付いた。

確かにその女子プロは、これまでトーナメントで勝ったことはないが、日本女子オープンでも予選は通るレベル。そして、超美人ではないが決して不美人ではない、三十歳になる前の若い女性だ。その彼女に面と向かって、「あんた、顔が悪いから勝てないよ」という青木プロの真意は何か、皆、固唾を飲んだ。

青木プロは言った。「いいか、今日一日一緒にプレーしたけど、あんたには死んでもゴルフに喰らいつくという気迫が足りないんだ。勝負師はそんなおっとりした顔していたらだめなんだ。勝つというのはそんなに楽ではないよ」。

そして彼は、さらに女子プロに尋ねた。「あんた、何センチのパターなら確実に入れられる？　平らなところで」。女子プロは少し考えて、「私、六〇センチなら入れられると思います」と答えた。すると青木プロは意地悪く、「へー、六〇センチ入れられるの、俺は三〇センチだね。三五センチを外して何度泣いたか知れないよ」と言った。

勝負の懸かった、人生の懸かったパットは体が動かなくなるという。三〇センチでも油断はできないということだろう。

その後、青木プロはその女子プロを立たせて、体幹を鍛えるトレーニングの方法を熱心に指導していた。

最初は意地悪く見えた質問も、世界の頂点を極めた本物のアスリートが見せる優しさだったのだ。

開眼

ゴルフは難しい。何年やっているだろうか。さっぱりうまくならない。何度コースに行ったことか。そして何度、練習場に通ったことか。休みの日など朝、練習場に行って球を打ち、家に帰ってふとコツを思い出し、また出かけて練習したこともあった。

嗚呼！　それなのに、少しうまくなったと思ったらまた後戻り。ドライバーが良くなるとパターがだめ、アイアンが良くなるとフェアウェイウッドが打てなくなる。一進一退を繰り返すのだ。

ゴルフに限らず何かに挑戦すると、その途中で突然「開眼」することがある。「あ、これだ、この調子」とすっかり喜んで翌週コースに行くと、今度は別のところが悪くなる。もう何十年もその繰り返しだ。

ある時、青木プロに訊いた。いつも「開眼」するのですが、続かないんですよね。

どうしてですか。

青木プロは笑いながら言った。それは忘れるからです。一つ新しいことを覚えると、それまで体が覚えていたことを一つ忘れるんです。六十歳を超えると二つ、七十歳を超えると三つ忘れますよ。

なるほどそうか。体が何とか覚えていたリズムや感触が、新しいことを取り入れたために狂ってくるということだろう。

以来、新しいことを覚えた時は要注意。それまで体にしみ込ませたことを崩さないように、少しずつ取り入れるようにしている。

「一つ覚えれば、一つ忘れる」

何事にも通じる名言だ。

タイガー復活

二〇一八年のマスターズ。あのタイガー・ウッズが劇的な復活優勝を成し遂げた姿をテレビで見た。

デビュー以来、タイガー・ウッズの活躍は世界のゴルフファンの憧れだった。そしてその後の没落。不倫や酒や離婚、薬物の疑いをかけられたこともあった。

ふらふらになって暗い夜の道を歩くタイガーのニュース映像には、かつての英雄の姿はみじんもなく思わず目を背けるものだった。

そのタイガーがこの年、五回も優勝したあのマスターズの舞台で奇跡的に復活したのだ。これまでどんなに苦しかったことだろう。そしてどん底からの復活、どんなにうれしかったことだろう。

私はそのタイガー・ウッズを目の前で写真に収めたことがある。

二〇〇一年四月、アメリカ・ジョージア州オーガスタ。タイガー・ウッズがメジャー連続四連覇をかけて盛り上がっていたマスターズの会場に私はいた。

紺碧の空に高くそびえるジョージア松、深い緑のフェアウェイと咲き誇る色とりどりのハナミズキ。世界中から十数万人のギャラリー（パトロン）が詰めかける世界最大のゴルフイベントだ。

試合前日の水曜日、併設されているパー3のコースでエキシビションが開催される。大勢のギャラリーに囲まれて、出場選手が思いおもいにペアを組みプレーを楽しむのだ。自分の子供に白いツナギを着せてキャディーにしている選手もいる。手が届く近さで観客とも声を掛け合い、楽しく華やいだ雰囲気にあふれている。ミケルソンがいる、カプルスがいる、ニクラウスもいる。

マスターズの試合中に写真撮影は厳禁だが、このパー3コンテストはＯＫだ。

少し離れたところの最前列で、障害があるのだろう車いすの子供が「タイガー！タイガー！」と叫んでいる。私は近寄ってその真後ろでカメラを構えた。

私の予想した通り、仲良しのマーク・オメーラとそのホールにやってきたタイガー・ウッズは、不自由な手を掲げて大声で叫ぶ少年に近寄ると自分のボールをプレゼントした。私は何度もシャッターを切った。タイガーの優しさを表す絶好のシャッターチャンスとなった。

その数年後から、タイガーは地獄の道を歩むことになる。傷ついたタイガーの姿を報じる映像に、世界中の人が目を背けた。そのタイガー・ウッズのマスターズでの復活は、多くの人へ勇気を与えたことだろう。

人はふとしたことで失敗し、幸福な人生の道筋から転落することがある。しかしあきらめず、何かを信じて努力を続ければこのように立ち直ることができるのだ。天国から地獄に落ちるのはよくある話だ。でも、再び天国に舞い戻るのは珍しい。二十年前にオーガスタで写した、少年にボールを手渡すタイガーの写真を眺めながら、私は失敗から立ち直る不屈の精神と努力の尊さをかみしめるのだ。

第四章

「芸」

一、楽興の時

老人、ジャズに挑戦

ここのところジャズベースにはまっている。若いころはクラシックに夢中になったが、十五年ほど前、ススキノの小さな店に置いてあった楽器に偶然触ったのがきっかけで、すっかりジャズの虜になった。

年をとってからのジャズの演奏は難しい。ジャズは和音を表したコードネームという記号をもとに、できるだけ自由に演奏するのが命だが、記憶力の低下でコードを暗記するのもままならない。かつてクラシックに親しんできたのも災いし、楽譜を離れて弾くことができない。それでも一生懸命CDを聴き、何とかジャズの雰囲気を理解しようと懸命だ。

そんな私が最近、衝撃的なジャズの演奏に出会った。テナーサックスの名手、スタン・ゲッツの「ファースト・ソング」。彼ががんで亡くなる三か月前のジャズクラブでの演奏で、ジャズファンには有名な録音とのこと。重い病気を患っているのに、その音色は決して弱々しくはなく、何かを訴えるように、激しく、そして深く心に響く。

感情を素直に表現するのがジャズだとすれば、まさに死と向かい合った抑えきれない情念がサックスの音色を通して伝わってくる。ジャズの神髄と言ってもいいだろう。

私には逆立ちしてもこのような演奏はできないが、思うがまま楽器を演奏したいという果たせぬ夢を、この年になっても捨てきれない。残りの人生を考えれば、もっと楽に手が届くものに挑戦すればいいのだが、なかなか枯れることができない無謀な自分が少し恥ずかしい。

（二〇一六・三・十五、「朝の食卓」）

今日はジャズの日

誰が決めたのか一月二十二日は「ジャズの日」。January（一月）の〈Ja〉と「22」を〈ZZ〉」にみたてて「Jazz の日」と定めたようだ。

札幌は冬でもジャズがよく似合う。生演奏を聴かせる店もたくさんあり、多くの優秀なプレイヤーが夜ごと素敵な演奏を繰り広げている。

ベースの粟谷《あわや》巧《たくみ》さんのように、札幌を拠点にしながら、日本を代表するサックス奏者・渡辺貞夫さんのツアーに参加するなど、全国で演奏活動を展開している若者もたくさんいる。

Mizuho さんも、札幌から世界に発信しているジャズシンガーの一人だ。彼女は高校生の子供を持つ主婦でもあるが、日本最大のジャズイベント、横浜ジャズプロムナードのベストプレイヤー賞を受賞するなど数々の賞に輝いた実力派シンガーである。

絹のような彼女の歌声に魅せられた米国バークリー音楽大学教授のトランペッター・タイガー大越さんは、二〇一四年に彼女をボストンに招いた。ヴィブラフォンの世界的名手、ゲイリー・バートンさんなどと一緒に録音したアルバム「ロマンティック・ガーシュイン」はジャズ・ジャパン・アワードを受賞した。

そしてその後、彼女は再びタイガーさんのプロデュースでギターの鬼才、ビル・フリーゼルさんらと一緒に「Waltz for Moonlight」をシアトルで録音。「月」にまつわる十曲を集めたこのアルバムは全国で発売され、話題となっている。

一方、本場アメリカから札幌に帰ってきたジャズメンもいる。

ギターの笹島明夫さん。札幌西高の私の後輩だ。笹島さんは高校時代からジャズギターにのめりこみ、たちまち頭角を現すと、単身アメリカに武者修行へ。そしてシカゴを皮切りに、四十年にわたって全米各地で本場の一流プレイヤーと音楽活動を展開してきた。

サックスの巨人、ジョー・ヘンダーソンやビル・エヴァンストリオのベース奏者エディ・ゴメス、マイルス・デイヴィスの有名なアルバム「カインド・オブ・ブルー」のドラマー、ジミー・コブなど超一流の演奏家とも共演している。

またベースの巨人、ロン・カーターとのアルバムもあり、現在はブレッカー兄弟の兄、ランディ・ブレッカーが参加するアルバムを、札幌をベースに制作中だ。

そんな本物のジャズギタリストである笹島さんが、母親の看護のために札幌に帰ってきたのは二〇一六年のこと。看病の傍ら、これはと思うプレイヤーと組み演奏活動を続けてきた。

しかし、やはりアメリカのように、同じプレイヤーとチームを組んで何百回も演奏しないとよいジャズは生まれない、という信念を貫くために、昨年十月、札幌は西線五条（南五西十四）に素敵なジャズの店「ＬＲ（Living Room）」を手作りで開店した。オープン時には海外から続々と本場のプレイヤーがゲスト出演したが、現在はコロナ禍で小休止。

でもこの一年、びっしりと呼吸を合わせてきたピアノの名手・安斉亭さん、急成長した女性ベーシストの伊藤未央さん、ドラムのＨＩＲＯさんらとのカルテットが素敵な演奏を繰り広げていて、本物のジャズを求める人たちが夜ごと詰めかけている。

私も今夜は「ＬＲ」に行ってみよう。

（二〇一七・一・二十二、「朝の食卓」に加筆）

命がけの指揮

七月二日、札幌市民ホールのステージ。北大交響楽団の第一三三回定期演奏会。湧き上がる拍手の中を、車いすに乗った白髪の指揮者が現れ、手すりにつかまりながらようやく指揮台に上ると、静かにタクトを振りだした。

同団常任指揮者・川越守さん、八十四歳。彼は一九五二年（昭和二十七）に北大へ入学すると、戦後、低迷状態にあった北大交響楽団の再建に全力で取り組み、五六年には復活第一回演奏会を指揮。以来、実に六十年を超えて、同団の精神的支柱として多くの学生を献身的に指導し、また作曲家としてもたくさんの曲を発表してきた。

しかし彼は今、重い病気と闘っている。今年の初めには一時重篤な状態になったという。だが音楽への情熱が、彼を再び指揮台に上らせた。小さく動く指揮棒に合わせて百人もの若い学生が、氏の作曲した「夏の曲」などを無心に演奏する。その姿に感涙する聴衆の姿もあった。

川越さんのモットーは心の醸成。音楽を心で受け止め、体の内側から表現するということ。氏の薫陶を受けた学生は五千人を超えるだろう。

次の演奏会は九月十六日、川越さんが立ち上げ育てた北海道交響楽団の定期演奏会となる。北海道初演となるニールセンの「交響曲第五番」の指揮を執る予定と聞く。音楽にすべてをかけてきた川越さん命がけの指揮を、教え子たちは固唾をのんで見守っている。

私もその一人だ。

（二〇一七・七・三十一、「朝の食卓」）

タンゴ札幌

わが家にたくさんのＣＤが届いた。古いカセットテープからのダビングを友人に依頼していたものだ。

中身は一九九二年に札幌で亡くなった世界的バンドネオン（アコーディオンに似た気鳴楽器）奏者で、作曲家でもあるオットー・ヴィットさんの音楽を録音したもの。ヴィットさんは戦後大流行したコンチネンタルタンゴの世界最高峰、アルフレッド・ハウゼ楽団のソロバンドネオン奏者で、奥さんの故郷である札幌で重い病と闘っていた。

九〇年、当時テレビ局で働いていた私は、ヴィットさんの数奇な人生と彼の作曲、編曲になるたくさんの音楽を交えて番組を作り、札幌交響楽団の応援を得てコンサートを開いた。札幌の厚生年金会館は満員となり、幼い一人娘ユリーちゃんのために作曲した美しい曲が聴衆の涙を誘った。

そのとき資料としていただいたのが先のカセットテープである。南西ドイツ放送オーケストラなどヨーロッパの名だたるオーケストラをバックに、華麗なタンゴを奏でるヴィットさんの演奏CDは全部で二十二枚。当時のヨーロッパの輝きを想像させる甘いタンゴのメロディーとヴィットさんの明るく華やかな演奏が胸を打つ。

この「音」はどうしても残しておかねばならない。ヴィットさんの家に保存されるたくさんの貴重な楽譜も何とか後世に生かしたいものだ。その中には「タンゴ札幌」や「北海道の春」など北海道にちなむ素晴らしい曲もたくさんある。

札幌に眠る世界的なバンドネオン奏者オットー・ヴィットさんをしのぶ演奏会を、もう一度開けないかと考えるこの頃だ。

（二〇一六・九・十六、「朝の食卓」）

ヴィットさんの演奏会

札幌に眠るコンチネンタルタンゴの巨匠、オットー・ヴィットさんの遺作を集めた演奏会を開きたいと以前この欄に書いたところ、「ぜひ聴きたい」「楽しみにしている」といった声をたくさんいただいた。

しかし膨大な楽譜の整理やフル編成の札幌交響楽団の出演、そして東京から呼ぶことになるバンドネオン奏者やピアニストなど莫大な費用がかかる。とても無理とあきらめていたのだけれど、手元にあるヴィットさんの曲の録音を聴くたびに、こんな素晴らしい作品をこのまま埋もれさせていいものかと苦悶する日々が続いた。

札幌の皆さんにぜひ聴いてほしいと、ドイツから楽譜だけをもって来日し、今は札幌近郊の墓地に眠っているヴィットさん。その思いを何とか叶えてあげたいと旧知の経済人やこれはと思う企業に働きかけてお願いをして歩いたところ、ぜひ協力させてほしいという方がたくさん現れ、ついに念願のコンサートが実現することになった。

二月中旬、実行委員会が開かれ、演奏会は来年三月三十日(土)、今年秋にオープンする札幌文化芸術劇場・愛称「hitaru(ヒタル)」で開催されることが決まった。「タンゴ・コパカバーナ」や「メキシカントランペット」、「タンゴ碧空」や「夜のタンゴ」などヴィットさんの作曲、編曲による名曲の数々が次々と演奏される。

そして最後は、今回、ヴィットさんの楽譜の山の中から見つかった「タンゴ札幌」が初めて市民の前で披露される。

どんな音色が新しい劇場に響くのだろうか。今から胸が高鳴るのだ。


(二〇一八・三・八、「朝の食卓」)

「タンゴ札幌」ｈｉｔａｒｕに響く

企画してから約三年、二〇一八年三月三十日、ついに演奏会の日がやってきた。オットー・ヴィットさんのタンゴ演奏会。何度止めようと思ったかわからない。タンゴのファンは高齢者が多い。たくさんの人に聴いてほしいので、できるだけ安い入場料の設定が必要だった。しかし経費はそれなりにかかる。

会場費は札幌文化芸術劇場「ｈｉｔａｒｕ」のオープニングイベントに採用され格安になったが、その他の費用は普通にかかる。フル編成の札幌交響楽団に加えて東京からバンドネオン奏者やピアニスト、もちろん指揮者も呼ばねばならない。

タンゴの歴史やヴィットさんの人生を紹介するためのビデオも必要だ。入場料収入から経費を引くと大赤字になるのは明らかだった。

そこでスポンサー探しに走り回った。いろいろな会社を訪ねたがなかなか良い返事は得られない。それでも旧知の人たちやいくつかの理解ある会社から応援が得られることになった。しかしまだ足りない。

もうあきらめようかと何度も思ったが、これが最後と訪問した久しぶりに会った友人が、「良い企画ですね、協力しますよ」と大口の支援を即断してくれて演奏会の実現が決まった。

涙が出るほどうれしかったが、それからが大変な毎日。古い楽譜を整理し、かつてヴィットさんが演奏した多くの録音と照らし合わせながら、楽器の編成を確認し演奏曲目を決めていく。特殊な楽器はないか、長さはどうか、どの曲にダンスを入れようか。札響のライブラリアンである中村大志さんが、この難しい仕事を献身的に手伝ってくれた。

そして曲の合間に入れるヴィットさんの人生を紹介するビデオの制作。ＨＢＣのライブラリー担当の渡辺圭一さんが倉庫の廃棄寸前の棚から、生前のヴィットさんのインタビューテープを見つけてくれた。そこにはもうかなり病気が進んでいたヴィットさんが「日本の皆さん、私を迎えてくれてありがとう」と話す声が録音されていた。

そして本番三日前。いよいよリハーサルが始まった。普段はタンゴなどを弾くことのない札響の団員が、皆、楽しそうに演奏している。はじめはリズムをとるのが難しそうだった打楽器奏者も次第に乗ってきた。

三日間のリハーサルが進むにつれて指揮者の今村能《ちから》さんのタクトには熱がこもり、演奏はどんどん出来上がっていった。

さあ、いよいよ本番の日。新装なったhitaru（ヒタル）にお客さんが続々と入ってくる。あっという間に二千人を超える座席は埋まっていった。

会場が暗くなり、ヴィットさんの代表曲「インスピレーション」の荘厳なイントロダクションで演奏会は幕を開けた。

フル編成の札幌交響楽団の演奏が、三十本を超えるマイクを通してスピーカーから大音量で会場に流れる。フルオーケストラの演奏にこれだけのマイクを立てることはめったにない。唸るバイオリン、咆哮する管楽器、そしてむせび泣くバンドネオン。

私が夢にまで見たヴィットさんの世界が会場いっぱいに広がっていく。

さらに、コンサートマスターの大平まゆみさんのソロで名曲「ジェラシー」の演奏が始まると、赤いドレスを着た二組のダンサーが華麗で息の合った踊りをステージ一杯に繰り広げる。お客様は大喜び。休憩を知らせるアナウンスもかき消されるほど大きな拍手が鳴りやまなかった。

そして第二幕。「黒い瞳」「ラ・クンパルシータ」「夜のタンゴ」などおなじみの曲がヴィットさんの編曲で次々と演奏された後、その数奇で華麗な人生が彼の作曲した「タンゴ東京」「タンゴ・セニョリータ」など素晴らしい曲の数々にのせて映像で紹介される。アルフレッド・ハウゼ楽団の東京への演奏旅行、奥様伸子さんとの出会い、そしてスペインへの新婚旅行。

六十歳にして一人娘ユリーちゃんを授かり、娘の将来のために来日を決意し、そして日本に来てすぐ不治の病に冒されたヴィットさん。

家の庭のブランコに乗って遊ぶユリーちゃんを、窓越しに見つめるヴィットさんの優しく、そして悲しげなまなざしが、見ているものの涙を誘う。

タンゴを楽しみに来たお客様は、最後には皆ハンカチで目頭を押さえてヴィットさんの音楽の世界に聞き入った。

そして終曲はヴィットさんの遺作「タンゴ札幌」の演奏。彼が病の床で書いたと思われる美しいメロディーが初めて札幌の空に響きわたり、会場いっぱいのお客さんが天国のヴィットさんに鳴りやまぬ拍手を送った。

演奏会のあとも多くの方から、「とても素晴らしかった」「もう一度演奏会をやって」などなどたくさんの賛辞をいただいた。

協力をしてくれた皆様に感謝しながら、「この演奏会をやってよかった」と資料用に撮影したビデオを見ながら感慨にふけっている。

ちなみに、ヴィットさんの家に残されていたたくさんの楽譜は、札幌大谷大学のご協力により同大学の図書館に保存された。学生たちや市民がいつでもヴィットさんの曲を演奏できることになるだろう。

札幌郊外の墓地に眠るヴィットさんは、きっと「ブラボー」と喜んでいてくれるに違いない。

三十年間、私の頭から離れなかった仕事がようやく終わった。

コンサートマスターの涙

夏は高校生にとって、クラブ活動の仕上げの季節だ。甲子園では高校球児の涙の熱戦が伝えられ、特に三年生にとっては就職や大学受験を控え、最後の部活動として盛り上がる。

二〇一八年八月十一日、私はHBCジュニアオーケストラの演奏会を聴きに札幌コンサートホール「Ｋｉｔａｒａ」へ行った。

六十年の歴史を持つこのオーケストラは、小学生から高校生まで百人ほどが所属し、指揮は北海道教育大学教授の阿部博光先生が執る。

今年の三月には六年ぶりにウイーンへの演奏旅行も行い、学生たちは例年にも増して技術レベルが高いと聞いていた。そして特別に応援参加したのはこのオーケストラのＯＢで、現在は仙台フィルハーモニー管弦楽団と九州交響楽団のコンサートマスターを務める、日本を代表するバイオリニストの一人でもある西本幸弘さん。自分の音楽の原点は、八年間在籍したこのジュニアオーケストラだと言い切るほど、このオケへの愛着は深い。

この年、オケには九人の高校三年生がいて、この日の演奏会を最後に退団する。中には小学校の四年生から参加している人もいて、毎週日曜日、かかさず練習に通ったオーケストラの、今日は最後の演奏会。これまでの日々の集大成だ。

演奏会は西本さんと子供たちが協演するクライスラーの「愛の喜び」やサラサーテの「カルメン幻想曲」などのあと、最後の大曲としてサン＝サーンスの交響曲第三番〈オルガン付き〉が熱演された。プロのオーケストラでも難しい難曲に子供たちが挑戦する。協演の西本さんもバイオリンの一番後ろに座って、子供たちと一緒に演奏している姿がほほえましい。

そして万雷の拍手の中、子供たちの演奏会は終わった。

何度もの拍手に迎えられ指揮者の阿部先生がお辞儀を繰り返す中、この演奏会を最後に卒団するコンサートマスター垣原《かきはら》慰吹《いぶき》君があふれる涙を袖で拭っている姿に、聴衆から再び大きな拍手が巻き起こった。

この日をもってこのオケとはお別れ、小学生のころから毎週欠かさず練習に通ったこのオーケストラと仲間たち。そしてコンサートマスターとして今日のこの本番の日を迎えるまで、彼にかかる重圧は相当なものがあっただろう。涙を拭うその姿は、見事な演奏の余韻の中で、客席一杯のお客さんにも美しく見えたことだろう。

彼らが全力で打ち込んだ夏が終わった。

思わず私は、今から六十年も前の高校三年生の時、札幌市内の他校の高校生たちに呼びかけて札幌高校合同オーケストラを組織し、無事、演奏会を終えた時の感動を思い出していた。

音楽と私

思えば私が音楽というものと出会った記憶をさかのぼると、それは盆踊りの太鼓の音と甲高いおばさんの唄声にたどり着く。「〽チャンコチャンヤの婆んば、お茶だせコラ茶出せよ……」。楽しく踊る大人の輪の中に加わって、意味はわからずともちょっと卑猥な感じのする盆踊り歌を覚えてしまった。

次に覚えたメロディーはラジオから流れる「笛吹童子」。あの笛の音が聴こえると夢中になっていたチャンバラを止めて家に駆け込み、ラジオの前に座って聴いたものだ。

そんな私でも、中学に入ってブラスバンドに誘われ、半音のキーが壊れたクラリネットをあてがわれ、お祭りの行列の先頭を「ブカブカドンドン……」と行進して歩くのがなんとも晴れやかだった。

そして高校。私が通った札幌西高にはオーケストラがあり、そこでコントラバスを弾いた。加藤愷三先生という熱心な先生がいて、自分で編曲をして、十数人の変則編成のオーケストラを指導していた。私はすっかり夢中になり、やはり加藤先生が指導する合唱部にも入って月曜から金曜まで放課後は音楽室に入りびたりとなった。

ある日、加藤先生が「学校を休んでいいから教育委員会の会議に出なさい」と言った。それは札幌交響楽団を作ろうという市民会議だった。会議にはいろいろな方面の人が集まっていたが高校生は私一人。私も札幌交響楽団をぜひ作ってほしいと訴えた。

札響ができたのはその翌年のこと。今も札響の評議員を務めているから、もう六十年もお付き合いしていることになる。

高校二年の時は北大オーケストラが「第九」をやるというので出かけていき、練習にも参加した。入学もしていないのに、もう大学生のつもりだった。

そして、三年の秋に高文連の大会で他校の音楽好きの学生に呼びかけて、札幌高校合同オーケストラを作ろうと奔走した。折しも第一次安保闘争の最中で、高校生もデモに参加し始めていたから、教育委員会は学校を超えて学生が集まるのを警戒してか、なかなか許可が出なかった。それを加藤先生が熱心に説得してくれて、北海道における最初で最後の高校生合同オーケストラが実現した。その時の仲間がたくさん札響初期の団員になった。私の終生の友になった人もいる。

その演奏会が終わったのは十一月の末、大学受験は目の前だった。私は無残にもというか、当然というか、受験に失敗した。

そして翌年、今度は何とか合格したが、自分の入学式ではすでに在校生と一緒に北大オーケストラのメンバーに入って「都ぞ弥生」を弾いていた。

大学時代はオーケストラ漬け。ひたすらクラーク像の前にあった練習室に通い、仲間と音楽を語らい、演奏会の準備に奔走した。

そして就職。北大オケの演奏会にいつも入場券を買って聴きに来てくれる阿部謙夫《しずお》さんが社長を務める北海道放送に入ることができた。

報道を志望したが、音楽好きということで制作部に配属になった。以来、私の制作する番組は、そのほとんどが音楽と関わるものになった。

しかし、演奏の方はすっかりご無沙汰。全く楽器に触ることもなく、ひたすら番組作りに明け暮れた。

レコード大賞の審査員も十年ほど務めたし、歌曲「野ばら」をめぐる謎を求めてヨーロッパ中を三年かけて取材したこともあった。

また、数十本も制作したテレビドラマは、どれもみな音楽が重要な役割を果たした。ドヴォルザークの交響曲「新世界」は、シンバルが一回しか鳴らない。それをヒントに、「ああ!! 新世界」（脚本・倉本聰）というドラマを作り、話題になったこともあった。

そして、札幌ドームに勤めてからは、すぐにドーム満員の合唱団による「四万人の第九」を企画したが、関係者は皆しり込みして実現しなかった。代わりにドームの展望台で、手稲山に沈む夕日をバックにジャズのコンサートを開催して、お客さんと一緒に楽しんだ。

そして今は、下手なベースをつま弾きながら、仲間の老人たちとジャズを楽しんでいる。ジャズというよりは、ジャズのようなものというべきだろう。

また、今年（二〇二〇年）からは北海道国際音楽交流協会（ハイメス）の理事長を仰せつかった。北海道の音楽家を支援する団体だ。しばらくは、あちこちに寄付をお願いして歩こうと思う。

札幌にはＰＭＦという素晴らしい音楽イベントがある。世界中の若者を札幌に招き、その音楽教育を支援するのが主旨だ。

ハイメスの活動は、これに比べれば足元にも及ばない地味で小さな活動だ。しかし、海外の音楽学生を応援するだけでなく地元の若い音楽家の支援もお願いしたい、と今日も老骨に鞭打って走り回っている。

二、創る

是枝監督と「聖夜」

一九六七年（昭和四十二）、私は北海道放送（ＨＢＣ）に入社した。そのころテレビは生まれてまだ十年。新しいメディアとしてのエネルギーに満ちあふれていた。ＨＢＣは年に六本ほどのテレビドラマを作り、日曜夜のゴールデンタイムで全国に放送していた。ロケを中心としたＨＢＣの作品の評価は高く、全国から注目されていた。

私が演出家として独り立ちして初めて作った作品が七三年の「聖夜」。クリスマスの日に大人の勝手な都合に翻弄される、貧しい恋人たち（小倉一郎、仁科明子）が主人公だった。脚本は倉本聰さん。音楽はシンセサイザーの冨田勲さん。演出的には稚拙な部分も多かったが、斬新な作品として話題を呼んだ。

その「聖夜」が今月十七日に、札幌国際芸術祭の企画として狸小路五丁目のプラザ2・5で他の作品と一緒に上映される。

そして映画「海街 diary」などで、今や日本を代表する映画監督となった是枝裕和《これえだひろかず》さんが駆けつけて、私と対談してくれるという。彼は小学生のころからHBCのドラマの大ファンで、これらの作品が彼の映像人生のきっかけにもなったという。

この対談を前に是枝監督は、私が演出した三十本を超える作品のビデオをHBCから取り寄せ、改めて全部見てくれているそうだ。さあ、どんな話の展開になるのだろうか。

〝テレビはただの現在にすぎない〟と言った先達がいたが、あれから四十年以上の時を経て「聖夜」は今日《こんにち》も受け入れられるのだろうか。

落ち着かぬ日々を過ごしている。

（二〇一七・九・十六、「朝の食卓」）

万引き家族

今年のカンヌ国際映画祭で、是枝裕和監督の「万引き家族」が最高賞のパルム・ドールを受賞した。日本映画では二十一年ぶりの快挙だという。

是枝監督は中学生のころから、私も深くかかわったＨＢＣのドラマが大好きで、倉本聰さんのシナリオ集や演出家の守分寿男さんの著作を何度も読み返し、ドラマ作りの勉強をしたそうだ。

そんな縁で昨年九月、札幌国際芸術祭のイベントで、シアター・キノの中島洋さんが、私と是枝監督の対談を企画してくれた。ＨＢＣのドラマを上映しながら、是枝さんが私にいろいろ質問するという六時間にわたるステージ。しかし私も是枝監督に聞きたいことがたくさんあり、最後は質問者が入れ替わっていたが、とても中身の濃い貴重な時間を過ごすことができた。

さて「万引き家族」。すこし軽めの題名だが、内容はとても重い。

吹き寄せられたゴミのように、それぞれの事情を抱えた人々が仮の家族をつくりひっそりと暮らすその日常を、カメラは執拗に追い続ける。そしてその視線は、社会的弱者に対するやさしさにあふれている。

大衆にも権力にも媚びず、売れる、儲けるといった目先の問題にもこだわらず、絶えず描きたいものに喰らいついていく是枝監督の姿勢は素晴らしいと思う。

実話を題材にしたという「万引き家族」のラストシーンは、今日の社会が抱える矛盾について深く考えさせてくれるのだ。

（二〇一八・六・二十七、「朝の食卓」）

守分さんと大滝さん

師走も近いある日、私の家の郵便受けに二つの中型の封筒が折り重なって入っていた。まず厚いほうを開けてみると、それは私のドラマ作りの師匠であった故・守分寿男さんの遺稿集。七年前に亡くなった守分さんが生前書き留めていたエッセイや演出論を、奥さんや娘さんが整理して、ようやく出版にこぎつけたものだ。

本のタイトルは『北は、ふぶき〜続・テレビドラマの風景』。守分さんの北のドラマ作りにかける思いが全編にあふれている。守分さんは東芝日曜劇場「幻の町」や「りんりんと」など、北海道を舞台にしたドラマを次々と制作した演出家で、それらはテレビ史に輝く名作として数々の賞を受賞、日本を代表するテレビ制作者に数えられた。

とても厳しく仕事には容赦がない。セリフの言い回しや振る舞いだけでなく、小道具の置き方や箸の上げおろしまで、「何故だ、何故だ」と理由を求め、その質問攻めに私はいつも追い詰められた。あまりの厳しさに、ロケ先の宿で隣に寝ている守分師匠の首を、何度絞めようと思ったことか。

守分さんのお宅の書斎はまだ生前のままになっており、ニセコにある有島記念館の学芸員、伊藤大介さんがコツコツと資料の整理をしている。

そして今年の一月から小樽文学館で「守分寿男とその仕事」という展覧会が開催された。守分さんの携わった作品の台本や演出ノート、また彼の著書や得意だった自作の絵も飾られた。

展覧会の最後には、守分さんの代表作「幻の町」の上映会も行われ、私も解説を担当した。八十人も入ればいっぱいの文学館の部屋に三百人もの人が押しかけ、上映を二回に分けて行うなど、守分さんとその作品が今も視聴者の心の中にしっかりと残っていることに驚かされた。展示室の隣の部屋には守分さんが尊敬してやまない小樽商大の先輩、小林多喜二の資料が展示されている。守分さんはきっとうれしかったろう。

さて、もう一つの郵便物は知らない女性からのもの。いぶかしげに開けてみると、中には薄い冊子と小さな手紙が入っていて「私は大滝秀治の娘です……」とある。俳優大滝秀治さんの、お嫁に行った娘さんからだ。

冊子は五年前に亡くなった大滝さんの名言録。大滝さんの熱心なファンの方が、大滝さんの印象に残る言葉を、雑誌のインタビューや著作などから抜き出してまとめたものだという。役になりきろうと、命がけの努力を怠らなかった大滝さんの含蓄のある言葉が並んでいる。あの甲高い声が聴こえてきそうで懐かしい。

大滝さんは本来、劇団民藝に所属する舞台俳優だが、テレビでは売れない時代が長かった。そして一九七五年（昭和五十）、ＨＢＣ制作の「うちのホンカン」（脚本・倉本聰、演出・守分寿男）で五十歳にして初めてテレビの主演俳優となる。

道南の砂原町（現森町）で実際にあったＵＦＯ騒動を題材にしたこのドラマは、大滝さん演じる、人は良いがすぐ興奮する駐在さんがぴったりはまり、彼の人気は全国的に高まった。

大滝さんは謙虚で努力家。台本を擦り切れるまで深く読み込み、どんな役にも体当たりで臨む。スタジオには誰よりも早く入り、セットの中を歩き回って役になりきろうと努力する。

著書『長生きは三百文の得』の中に、いかにも大滝さんらしい一節があった。

「役者に必要なのは自信と謙虚のあいだでね。自信の上に自惚れがある。謙虚の下に卑屈がある。自信と謙虚のあいだで一生懸命やっていけばいいんだね」

私はこの言葉が大好きだ。

守分さんと大滝さん、数々の作品を共に作った二人の本が、同じ日に重なってわが家に届くとは……。

そういえば今日、十二月二十七日は守分さんが亡くなって七回目の命日だ。

そして、折しも私は今、北海道新聞の日浅尚子さんの勧めにより、道新文化教室で「北のテレビドラマ」について六か月の講義を受け持っている。重なって届いた大滝さんと守分さんの本についても、ぜひ話をしたいと思う。

（二〇一七・十二・二十七、「朝の食卓」に加筆）

森のお菓子

最近、脚本家の倉本聰さんと一緒に、ドラマならぬ、甘いお菓子を作っている。きっかけは今年の春、札幌のデパートで開かれた倉本さんの点描画展。点描画とはボールペンなど先のとがった筆記具で、紙に小さな点を打ちながら描く絵のことで、一枚描くのに気の遠くなるような時間がかかる。

四十年もの長い間、富良野の森の中に住み、四季折々に変化する自然の移ろいやさまざまな動物の営みなどを描いてきた倉本さんの点描画には、森の物語の素敵な文章が添えられていた。

こんな奥の深い点描画の世界にふさわしい、おいしいお菓子ができないだろうか。森に住む仙人が、訪ねてきた大切なお客様に心から勧める、そんなお菓子を食べてみたい。菓子屋を営む弟に相談すると喜んで協力してくれるという。

私は倉本さんとは五十年近くの長いお付き合いだ。先生が富良野に移住する以前から、二十本ほどのテレビドラマを一緒に作ってきた。早速、富良野に伺い相談してみると、来年の連続ドラマを執筆中でとても忙しいのだが、面白そうだね、と乗ってくれた。倉本さんの遊び心は相変わらず健在だ。

今、弟の工場で試作品を製作中。倉本さんの好きなこしあんもきっと入るに違いない。パッケージにはきれいな点描画が添えられるだろう。

倉本さんは八十歳を超え、私も七十五歳になった。戦後の飢餓の時も、バブル期の飽食の時代も、いろいろなものを食べてきた年寄りが、この年になってこだわる森の物語のお菓子にご期待あれ。

（二〇一八・十一・七、「朝の食卓」）

森の忘れもの

倉本聰さんの点描画をモチーフにしたお菓子がついに完成した。

倉本さんはここのところ点描画の制作に没頭していて、各地で展覧会も開催されている。倉本さんの点描画は、富良野の森で半生を過ごした彼の鋭い視点で描かれていて、森の中の木や動物ばかりか、目で見ることができない地下の根の様子や水脈の状態までが透けて見えるように描かれている。

それは表面だけで物を見るなという彼なりの鋭い指摘であり、また自然を凝視して長い時間を過ごしてきた者のみが感じることのできる世界だ。

そんな世界をお菓子にするのはとても難しい。いずれの絵も人間の存在そのものにかかわる重いテーマを抱えているからだ。

点描画の中にとてもかわいい絵があった。倒木の上にちょこんとリスがのり、何か思案している様子。そして画集の他の頁にはこんな短い文があった。

「リスは痴ほう症のため近ごろ忘れっぽくなり、越冬のために埋めたクルミの場所を思い出せないのです……」

「これだ!」と私は思った。自然の摂理をしっかりととらえながら、その真実の姿が持つおかしみを描くのも倉本さんの得意とするところ。倒木の割れ目に隠して忘れられたクルミが春になって緑の小さな芽を出す。そんなかわいいお菓子はどうだろう。

そして、私の弟が経営する洋菓子の「きのとや」に頼み出来上がったのが「森の忘れもの」。朽ち木に似せた木の割れ目にクルミの実が詰まっていて、そこから小さな緑の芽がのぞいている。リスが隠したクルミが新芽を出したという設定だ。

ガーシュウィンの「ラプソディ・イン・ブルー」のクラリネットのメロディーに合わせて、かわいいリスが倉本さんの点描画の中で遊ぶテレビコマーシャルも放映された。お菓子の売り上げの一部は倉本聰さんの資料を保存する記念館の資金に充てられる。

末永く愛されてほしい「森の忘れもの」だ。

盗まれたシノプシス

ドラマの企画はまずシノプシスから始まる。シノプシスとはドラマのあらすじを大まかに書いたもの。これをもって俳優さんを選んだり、スポンサーからお金をいただく交渉をする。いわばドラマ制作の原点だ。

この後に脚本家はプロットという「箱書き」を作る。これには細かなセリフは書いていないのだが、大まかにどのような場面が展開していくかという各シーンを箱のように並べたもので、脚本のラフスケッチともいえる。これをもとにロケ現場を決めたり脇役を探したり、特殊な場面があればその準備にかかる。

そして、ようやく脚本に取りかかる。これから始まるドラマ全体を暗示するト書きから始まり、練りに練られたセリフがびっしりと書かれている。いわばドラマ作りの精密設計図。俳優やスタッフは、これをバイブルのように読み込んで、演出家を中心に汗を流すのだ。

さて、私はその脚本のスタートともいうべき大切なシノプシスを泥棒に盗まれたことがある。そしてそのシノプシスは、何を隠そうあの倉本聰大先生の書いたものだった。

ある日、倉本先生からお願いしていたドラマのシノプシスを受け取った。先生が富良野に定住する前、私の師匠である守分寿男さんは倉本先生と何本もの名作を作っていた。守分さんの弟子である私も倉本さんの脚本で十本ほどのドラマを撮った。そして次回作、海をテーマにやりましょうということでようやくできたシノプシスだった。

倉本先生は太めの万年筆で二百字詰めの原稿用紙に丁寧に文字を書く。独特の美しい字だ。当時はコピーなどないから、この十枚ほどの原稿用紙が原本で、世の中にこれしかない貴重なものだった。

いただいたシノプシスに書かれたドラマの内容は厚田の浜で働く若者の話で、船の遭難の場面がクライマックスだった。

しかしタイミングが悪いことに、そのころ、厚田の近くの浜でハタハタ漁の船が遭難して、何人もの死者が出るという惨事があった。それでこの話の撮影は難しくなっていた。

倉本先生に説明しなければ、と私はその大切なシノプシスを皮のカバンにしまい込んだ。このカバンは知人から頂いた赤い皮の上等なもので、中には聞きたいと思って借りてきた八代亜紀のＬＰが一枚入っていた。

車で家に帰る途中、トイレの電灯が切れていたのを思い出しホームセンターに寄った。十分足らずで電球を買い車に戻ってみると、私の車のドアのカギ穴が壊されている。ドライバーのようなものでこじ開けられていた。

そして助手席に置いたあの赤いカバンがない。本当にない。どこを探してもないのだ。この際、カバンも八代亜紀もどうでもいい。倉本先生のシノプシスがなければ大変なことになる。

店に届けたが、出てきたら連絡しますとソッケないもの。そこで一一〇番に電話して警察に来てもらった。

おまわりさんは車の壊された鍵穴を丹念に調べた後、「それでなくなっているのは何ですか」と訊いた。「赤いカバンです。そして八代亜紀のレコードとシノプシス……」「なんですかそのシノプシスって」「いやこれはとても大切なもので、倉本聰さんという偉い先生の書いた文章です」「文章という紙ですか」「そうです」「何枚?」「えー、十枚ほど」「十枚、時価いくらですか?」「時価って、値段はつけられません」「値段はないってことですね」「いやそうじゃなくて……」。

届け出はしたものの、結局カバンもシノプシスも出てこなかった。

それからが大変だった。まず上司の守分さんに相談した。「倉本先生のシノプシスを盗まれてしまった。どうしたらいいだろう」。守分さんはしばらく考えてから言った。「仕方がない。盗まれたと言ったら後まで尾を引く。なくしたものは未練が残るものだ。ハタハタ漁の遭難事故のせいでこのドラマはできないと謝まろう」。

倉本先生には、厚田の遭難事故の話をして納得していただいた。先生は事情を理解し快く了解してくれた。シノプシスを盗まれた話はしなかった。もしかして、盗んだ泥棒がドラマ好きで、ことの重大さに気付いて戻してくれることをわずかに期待していた。

その当時、脚本やシノプシスの原本を作家に返す習慣はなかった。それらは印刷されてしまえば役目を終えるからだ。印刷所から至急で届いた印刷されたばかりの台本の束の上に、作家の先生の自筆の原稿は載っていたが、急いでいるスタッフは印刷された台本を奪い合うように持って行き、原本は捨てられる場合すらあった。

ただ、盗まれた倉本先生のシノプシスはまだ印刷されていない。もし先生から返してほしいといわれたら、返さなければならない貴重なものだった。

それから四十年がたった。結局、泥棒からの申し出はなく、先生にもこれまで話す機会がなかった。

そして今、私はそのことを懺悔の気持ちを込めてここに書いている。

先生はあのシノプシスのことを覚えているだろうか。あれ以来、一度もあのシノプシスのことを口にされることはなかったから、もうすっかり忘れてしまっているのだろうか。

この本が世に出る前に、富良野に行って謝ろう。

密航してきたインディアン

私は放送局に勤めていたころ、番組のプロデューサーとして、またディレクターとしてたくさんの番組を企画した。しかし実現できたのはほんの一握り。そのほとんどが日の目をみることなく没になり、屍と化した企画書が私の手元にたくさんある。テレビの企画は時代を反映しているいわば生ものだ。賞味期限の切れた企画書は、ゴミ箱に捨てられるしかないのだろうか。そんなかわいそうな企画の中でも、飛び切り愛着を感じているのが四十年前のこの企画だ。

「さよなら親しき友よ」。今から百七十年も前、鎖国下の日本に憧れ、密航して羽幌沖の焼尻島に上陸した一人の混血インディアン、ラナルド・マクドナルドの冒険と十か月にわたる日本での囚われの身の体験を追う大型ドキュメンタリードラマだ。

アメリカ西海岸のバンクーバーの近くに住むアメリカインディアン・チヌーク族の

酋長の娘を母に持つ彼が、遠い異国日本に強い興味と憧れを持ち、ハワイを基地とする捕鯨船に乗り込んで、焼尻島沖で一人ボートに乗り移り、鎖国中の日本に命懸けで上陸を試みたのだ。何故、彼は日本への密航を企てたのか。江戸末期の日本で彼が見たものは何か、また彼が日本に与えたものは何か。

焼尻島から利尻島に上陸して捕らわれの身となった彼は、最北の地稚内の警護にあたっていた松前藩の一人の若い侍に心をゆるし、懸命に日本語を学んでいく。そしてマクドナルドは、松前を経由して長崎の出島に送られるのだった。

ペリー来航の五年前に蝦夷地と長崎を舞台に繰り広げられた、日米両国の若者の心の交流を描く冒険物語。今や一年間に二千万の人々が海外に旅行し、インターネットで瞬時に世界が結ばれる時代。百七十年も前の日本で言葉も通じない若者同士が、未知の異文化に触れながらお互いを理解していく姿に、学ぶべきものは多いだろう。

マクドナルドは晩年『日本回想録』という本を残している。その本には、日本密航の旅の様子と捕らわれの身となった稚内、松前、長崎での暮らし、さらに軟禁生活の最中、心を通わせたタンガロという武士のこと、また長崎に送られて日本人通司（通訳）に英語を教えたことなどが細かく書かれている。そしてその回想録の最後は、「さらば親しき友へ」という言葉で日本への感謝と愛着が記されている。

この物語は、雄大なオレゴンの自然を舞台にしたマクドナルドの生い立ちから始まり、捕鯨船に乗って日本へ密航するスリルとサスペンスに満ちた前半と、日本での異文化との出会いや青年タンガロとの心の交流を軸とした後半で構成される。

私の企画書の最後には、配役として主演のラナルド・マクドナルドにキアヌ・リーブス、心を許す松前藩士には真田広之。製作費は三億円。アメリカでも放送したいとのメモがある。

やはり夢か——、残念。

笠さんの色紙

随分前の話だが、私の書いた文章が大手出版社の発行するある年のベスト・エッセイ集に掲載された。とはいっても、私の名前ではない。

その年、私はプロデューサーとしてドラマのロケに立ち会っていた。主演は七十歳を超えた名優・笠智衆さん。場所は積丹半島の美国町。老人たちのマラソン大会に挑戦する男の話だった。

全道からマラソン経験のあるお年寄りに集まってもらい、積丹半島の美しい海岸線を走るマラソン大会を再現した。その撮影当日の朝、私たちは大きな物音に驚き、旅館の食堂を飛び出した。見ると、笠智衆さんが階段の下に寝転がっている。駆け寄って起こそうとするが意識がない。どうやら頭を打って気絶しているようだ。

「医者を呼べ」「動かすな」などの声が乱れ飛び、皆大慌て。五分も過ぎたろうか。

笠さんはぱっちりと目を覚まし、「どうしました。ここはどこですか」ときょとんとしている。大変だ。あと一時間でマラソン大会の撮影はスタートする。全道から集まってもらったマラソンランナーの老人たちにお願いしているのは今日だけだ。

それよりもまず、笠さんを病院に連れて行かねばならない。しかし、この小さな町には脳外科などない。いるのは内科のお医者さんだけ。それでも「病院に行きましょう」と笠さんを促すが、笠さんは「行きません、私は大丈夫。撮影に行きましょう」と頑として病院へ行こうとしない。

「いや、やはり頭を打っているので、まずお医者さんに診てもらいましょう。撮影は少し遅れても大丈夫です」となだめる私。しかし笠さんは、「いや大丈夫、撮影を始めましょう」と首を縦に振らないのだ。

そのうち笠さんは、本当に怖い顔をして私をにらみつけ、「長沼さん、私はもう大丈夫。ロケを始めましょう」と外に出ていこうとする。私が立ちはだかって制止すると、笠さんは本当に怒って「長沼さん、しつこい！　本当に大丈夫です。もうなかったことにしてください」とものすごい剣幕でロケに出て行ってしまった。

そして港に集まっていた老人たちと合流し、積丹の海岸線を走るマラソン大会に参加して、暑い日差しの中を三日間も走り続け、ロケは無事終了した。その後、放送も無事終わり、この作品は笠さんの命がけの頑張りで芸術祭優秀賞をいただいた。

この話には余談がある。

その頃、HBCではこれまでドラマに出演していただいた俳優さんの色紙展を開き、合わせて視聴者にその色紙をプレゼントしようと企画していた。私は笠さんにも色紙をお願いした。笠さんは普段、あまり色紙を書かないのだが、二枚だけ書いて送ってくれた。

当時、私の上司であったA氏は、他の部署から移動して来たばかりだったが、笠さんの色紙を見ると「いいね、一枚もらっておくよ」といって貴重な一枚を持って行ってしまった。その色紙には、「春夏秋冬　俳優　笠智衆」と書かれていた。

その後、私はHBCの社内報に、笠さんの転倒事件の顚末と色紙の名前に「俳優」

と書き添えた、その役者魂について小文を書いた。

それから一年ほどして、社内の友人が、私が書いたこの文章を「本屋で見た」と教えてくれた。早速、本屋に行ってその本を探すと確かにある。それは、この年から東京の大手出版社が刊行を始めたその年度のベストエッセイ集で、プロやアマチュアを問わず、その年の雑誌などに掲載されたさまざまなエッセイの中から、優れたものを六十篇ほど選び一冊の本にまとめたものだった。

開高健や井伏鱒二の文章に並んで、私が社内報に書いた文章が確かに掲載されている。しかし、書き出しが少しだけ違う。「私の手元に一枚の色紙がある」となっていて、あとはほとんど同じ。そう、執筆者の名前は、私ではなく当時の私の上司であるA氏のものだった。

どういうことだ。私は、ロケ現場で苦労を共にした俳優さんとのギリギリの信頼関係の中で、笠さんに対する尊敬の思いを綴ったつもりだった。それを、ロケにも立ち会わなかったA氏が、あたかも自分の体験のように少しだけ書き直している。これは盗作だ。どんな事情があっても許せない。

私は信頼のおける先輩に、どうすべきか相談した。本人に迫ってもすでに活字になっている以上、「ごめん、うっかりしていた」で終わってしまうだろう。それとも、出版社にクレームを入れようか。

その先輩は私をなだめた。「ここは我慢しろ、A氏は社内の権力者であるB常務のお気に入りだ。これが明るみに出ると、A氏は完全に失脚する。ただ、君も返り血を浴びるのは間違いない。君はまだ若い。文章はこれからいくらでも書ける。ここは我慢しろ」。

仲の良い友人も同じ意見だった。

私は心に決めた。よし、今回は我慢する。知らないふりをしよう。ただし、私は絶対にA氏を許さない。彼は一生後ろめたい想いを背負っていくであろう。

A氏は何度か私に近寄ってきて、何か言い訳したそうな表情を見せることもあったが、私は応じなかった。出来るだけ二人きりになることを避けた。本当に詫びる気持ちがあれば、どんな状況でもきちんと話をするはずと思っていたが、そんなことはなく一年ほどでA氏は他部署に転出した。

あれから四十年が過ぎた。A氏は謝るタイミングを逃したのだろう。あえて彼の側に立てば、A氏が地元のある雑誌にこの原稿を投稿し、その雑誌社の編集者がベストエッセイに応募したということらしい。

私は意地を張ってA氏に謝る機会を与えなかったが、それは私の思い過ごしで、もしかするとA氏は、この一件を全く意に介さず、すっかり忘れていたのかもしれない。

そのA氏も、数年前に亡くなったと聞く。

この本は売れたようで、そのうち文庫本にもなって本屋に並んだ。

私の名前ではないけれど、私のつたない文章を多くの人に読んでいただいたこと、それ自体はとてもうれしいことだ。

私もこの話は、もう忘れることにしよう。

「野ばら」を探して

一九八六年（昭和六十一）から八七年にかけて、私は音楽ドキュメンタリーの取材でヨーロッパ各地をさまよい歩いていた。

「♪童は見たり　野中のばら……」。有名なゲーテの詩「野ばら」に、異なる百五十四のメロディーがあるという、ドイツの音楽学者ハンス・ヨアヒム・モーザ博士の記述に興味を持った室蘭工業大学の坂西八郎教授（当時）は、いろいろな伝手を頼って世界中からその楽譜を集めていた。

その話を聞いたHBCの深谷勝清プロデューサー（のちにHBC社長）は、報道部の優秀なドキュメンタリスト・溝口博史君と音楽好きの私に白羽の矢を立て、力を合わせて世界に通用するドキュメンタリーを制作するよう命じた。

日本で有名な「野ばら」は、ウェルナーの「野ばら」とシューベルトの「野ばら」

の二曲。ところが、百五十四曲あるという「野ばら」の中には、ブラームスやシューマン、レハールなどが作った曲もあり、そのほかにもたくさんの作曲家がこのゲーテの「野ばら」の詩に異なるメロディーをつけていた。

調べていくとその作曲者は東西ドイツにとどまらず、音楽の国オーストリアやポーランド、ハンガリー、さらにはオランダやスウェーデン、デンマークにスイス、イギリスにもあり、加えて取材当時はソ連領であったアルメニアの作曲家の作品まであった。

それらを全て調べなければならない。どんなメロディーなのか、作曲の背景は何か、どのような想いで作られた曲なのか、何故こんなにもたくさんの「野ばら」があるのか……疑問は次々と湧いてきた。これは大変な取材になる――。

まず、坂西先生と調査取材を行った。坂西先生の共同研究者である東西ドイツやオーストリアの音楽学者に会い、取材への協力を依頼した。特に東ドイツは、当時はまだ赤いカーテンの向こう側で、簡単に取材はできなかった。幸いなことに、坂西先生の知己であるE・シュトローバッハ教授は、東ドイツ社会科学アカデミーの副学長で大きな力を持っていた。教授の力添えで調査取材は順調に進んだ。

そしてその秋、二回目の取材を行った。今度は撮影や録音のスタッフも一緒で、各地でそれぞれの国の「野ばら」を唄ってもらい、収録した。

我々のチームは、溝口ディレクターと私の他に、音声はベテランの福原英範さん、カメラマンは北海道のドキュメンタリーカメラマンとしては草分けの佐藤郁弥さん、そして録画や機械のメンテナンスを担当するマルチ技術者の岡本直義さん、さらに共産圏を除くヨーロッパ各国の取材にはドイツ在住で歴史に詳しいシュミット村木眞寿美さんと運転手が加わり、たくさんの機材を車に積んでヨーロッパ各地を駆け回った。

西ドイツのミュンヘンでは、あのテノールの神様ハンス・ホッターさんの自宅を訪れ、有名なシューベルトの「野ばら」を唄ってもらった。ブラームスの「野ばら」は、モーザー博士の娘さんでニューヨーク・メトロポリタン歌劇場のプリマドンナ、エダ・モーザーさんにお願いした。ケルン近郊の町のホールで行われた録音にベルギーから駆けつけた私たちは、渋滞のせいで二時間も遅れひどく叱られた。

イギリスの小学校の先生も「野ばら」を作曲していて、その学校の子供たちに唄ってもらおうとイギリスに向かった。ところが、オランダのアムステルダムでフェリーに乗る直前、運転手がパスポートと運転免許証を盗まれ、結局、イギリスには飛行機で向かい、自分たちでレンタカーを運転しての日帰り取材となった。そのため食事をとる時間もなかった。

スウェーデンも日帰りだった。デンマークの町からフェリーを乗り継いでスウェーデンにわたり、ルンドという大学の町に行って、保存されていたシューベルト自筆の「野ばら」の楽譜を撮影した。一気に書いたのだろう。踊るような軽やかなタッチで、五線紙にきれいな音符が並んでいた。一緒にあったのはシューベルトの髪の毛。中学校の音楽室に飾ってあった、あの眼鏡をかけたシューベルトの髪の毛は、きれいな濃い茶色だった。

「野ばら」の作曲に悩みぬいたのはベートーヴェンだ。ウイーンの図書館で、ベートーヴェンの「野ばら」の楽譜がパリの国立図書館に保存されていることを知った私たちは、早速パリに飛び、そのベートーヴェンの「野ばら」の楽譜を撮影した。しかしそれは、短いフレーズが何年にもわたって何度も何度も書き直された、ベートーヴェンの苦悩が伝わってくる書きかけの楽譜の断片だった。

翌年の五月から、再び長期の取材を敢行した。ドイツがまだ東西に分断されていて、西ベルリンが塀で囲まれている時代。東ドイツの中に浮島のように存在する西ベルリンには、空路で入るかノンストップの高速道路で入るしかなかった。そして西ベルリンから、外国人専用のゲート〈チェックポイント・チャリー〉を通って東ベルリンに入った。

チェックポイントの周りには、深い濠《ほり》が掘られていた。その淵には、東ドイツから逃亡を試みて銃殺された、たくさんの人の十字架が並んでいて、塀の上には銃を持った東ドイツの兵隊が立ち、我々を見下ろしていた。たくさんの機材を持った私たちは、厳しい検査の末にようやくここを通過し、東ドイツ国家の監視下に置かれながら取材を続けた。

第二次大戦時の銃弾の跡が生々しいベルリン国立図書館では、三十曲以上の「野ばら」の楽譜が見つかった。また、ゲーテが「もっと光を」といって息を引き取ったゲーテハウスのある町ワイマールには、世界一のゲーテ研究機関であるゲーテ・シラー文庫があった。ここでも、トルコによる大虐殺の歴史を背負って生まれた、アルメニアの悲しい「野ばら」など、たくさんの楽譜の実物に出会った。

取材中は緊張する場面もあったが、東ドイツの人は皆人懐っこく、そして日本でもおなじみのウェルナーの「野ばら」を誰もが知っていた。

ウェルナーは東ドイツの西端の村、キルヒオームフェルト（現・ライネフェルデ＝ヴォルビス）で生まれた。この村ではウェルナーをたたえる合唱祭をやっていて、我々が訪問したのは九十五回目の合唱祭の日だった。村人がウェルナーの石碑の前に集まり、皆でドイツ民謡を歌っていた。もちろん最後は、ウェルナーの「野ばら」だった。

シューマンの「野ばら」は、美しいが暗い合唱曲だった。西ドイツのデュッセルドルフでシューマンは晩年を過ごした。町の中を黒々としたライン川が流れている。精神を病んだシューマンは、この川に身を投げて死んだ。

この街には詩人ハイネの研究所があり、そこにシューマンの遺品があるというので行ってみた。係の女性がお盆にのせて、ペンなど数点の遺品を持ってきた。その中に指輪があった。私はシューマンの指の太さが気になった。思わず私の手が伸び、その指輪をとって私の左手の薬指にはめてみた。小さくて指輪は入らなかった。

シューマンの指は細かった。

しかしその研究所を出ると、コーディネーターの村木さんからひどく叱られた。「指輪はとても個人的なもの、信仰や掟や誓いを秘めている大切なものなのです。人の指輪を自分の指にするなんて、とんでもないことですよ」。私は自分のとっさの行動を恥じたが、内心、シューマンの指の太さを確認できたことに興奮していた。

この取材は足掛け三年にわたって行われ、放送後は大きな反響を呼んだ。「歌曲『野ばら』には何曲の異なるメロディーがあるか?」などという問題が、テレビのクイズ番組に登場するほど広く話題になった。

しかし、私は大きな問題を抱えていた。取材費を使いすぎたのだ。私は辞表を書いた。責任をとって辞めざるを得ない状況だった。

ところがその後、この番組は次々と番組コンクールに入賞し始めた。放送文化基金賞本賞、日本民間放送連盟賞、文化庁芸術作品賞、そしてソ連邦国際テレビフィルム映像祭「金の羊賞」などを受賞した。会社は元を取り、私たちスタッフは社長表彰を受けた。

私にとっては、大好きな音楽の世界を、本場のヨーロッパを旅しながら取材するという幸運な機会となり、人生のエポックともなった。バブルな世の中であったからこそ実現できた企画でもあった。

あれから三十年が過ぎた。東西ドイツは統一されて久しく、ソ連邦も崩壊した。ヨーロッパはEUという形で一つになった。あたかも、ゲーテの「野ばら」の詩にヨーロッパの国々の作曲家が仲良く足並みをそろえ、国境を越えてメロディーを付けたかのように……。

しかし、悲劇の「野ばら」を歌うアルメニアでは、今も隣国アゼルバイジャンとの軍事衝突が続いている。

もし、私に残された力があるなら、その後の「野ばら」を取材してみたい。

富良野にて

北海道放送（以下、ＨＢＣ）の創立七十周年を記念する企画で、一昨年のカンヌ国際映画祭で最高賞のパルム・ドールを受賞し、世界的な映画監督となった是枝裕和さんと、八十五歳を超えてまだまだ現役で大活躍されている日本を代表する脚本家、倉本聰さんとの歴史的な対談が、二〇二〇年の十月末、倉本さんの住む富良野の森の中のアトリエで行われた。

ＨＢＣを離れて久しい私だが、二〇一七年に開催された札幌国際芸術祭のイベントで、かつてのＨＢＣのドラマを見ながら是枝監督と六時間にわたるロング対談をしたことがある。そして倉本先生とは、数十本のドラマを一緒に作らせていただいた旧知の間柄ということもあり、ＨＢＣの若いスタッフに対談への同席を頼まれ、立ち会うことになった。

厳しい冬を目前にした富良野の風景は美しく、黄色く染まった森の中のアトリエで、二人の対話はどちらからともなく自然に始まった。

是枝監督は、小学生のころから東芝日曜劇場を何時《いつ》も見ていたというおませな子供だった。その中でも、特に印象深い作品のほとんどが倉本聰さんの脚本によるもので、HBCの制作であることにあとで気づく。以来、倉本さんのシナリオ集を読み漁り、次第に映像の世界に引き込まれていったのだという。

そんな是枝さんにとって、今回の対談は自分の人生を決定づけた憧れの巨匠に会うという大変な出来事であったらしく、数日間、眠れない状態のまま富良野にやってきたとのこと。

長い間、倉本ドラマを勉強してきた是枝さんの質問はさすがに的を得ていて、倉本先生もうれしそうだった。ドラマ論から俳優さんの話、演出論やテレビについてなど、話題は次から次へと広がっていった。

さらに是枝監督は、HBCのドラマそのものにも愛着があり、自分の原点でもあるともいう。札幌国際芸術祭のパンフレットに寄せた是枝さんの文章から、そのことについて書かれた部分を引用させていただく。そこには、大学生の時にふと本屋で見かけた倉本さんのシナリオ集を、初めて手に取ったときのことが綴られている。

「目次を観て驚いた。あの『ばんえい』を始め、小学生の僕をとりこにしたHBC制作の日曜劇場が、ずらりと並んでいるではないか。札幌オリンピック前夜を描いた『風船のあがる時』、親の介護という今日的なテーマに早くも向き合っている『りんりんと』、主演のフランキー堺がとにかく素晴らしい『ああ！　新世界』etc。むさぼるように読んだ。素晴らしい傑作ばかりだった。そうか、これが全て倉本聰脚本なのか！　と僕の中でバラバラだったパズルのピースが一気に埋められる快感があった。／これは後に観直して気付いたことだが、『ばんえい』に限らず、どの作品も北海道という土地、街のたたずまい、そこでの人々の暮らしというものが、単なる背景としてではなく、物語の骨格にしっかりとからんでいる。恐らくは脚本家も演出家も制作のスタッフもみなある覚悟をもってそのことに取り組んでいたはずだ。それは恐らくは中央に対する、あえて言うが『辺境』としての矜持以上に『テレビとは何か?』『テレビドラマとは何か?』という本質的な問いをみなが模索した結果なのだと思う。(中略)僕にとってこの、HBCのドラマ群というのは、自らの進路を決定づけただけでなく少年期のDNAにも深く刻まれているのである。」

この文章を読むと、私が守分寿男さんら先輩たちと一緒に、何日も眠らず、立って飯を食い、地べたを這いずり回ってキューを出していたころに、東京の団地の一室でじっとテレビの前に座って私たちのドラマを見ていた少年が、今や〝世界のKOREEDA〟として素晴らしい作品を世に送り出し大活躍をしている姿に、時間と空間を超えて一緒に何かを考え、表現しようとしてきた仲間のような親しみを感じるのだ。是枝監督にとっては、子供のころから憧れ、目標にしてきた倉本さんとの一刻《ひととき》は、とても充実した時間であったように見えた。また、倉本先生もいつになく明るくゆったりとしていて、息子のような世代である是枝監督の鋭い質問に、人生を振り返るように胸襟を開き、実に楽しそうに話をしておられた。

子供のころから自分の作品に興味を持ち、それを見続けて自分と同じ道を歩み、今や世界に羽ばたいて大活躍している後輩の心からの質問に答える時間は、倉本先生にとっても至福の時間であったことだろう。

丸太づくりのアトリエの煙突からは、白い煙がゆっくりと立ち上り、大きな窓の向こうには黄金色の木の葉がキラキラと鳥のように舞っていた。

第五章

「思」

一、近ごろ思うこと

覗かれる香典

いつのころからか、とても気になる習慣がある。

それは葬儀会場の受付で、係の人が目の前で香典袋をカッターで開け、中を覗《のぞ》き金額を確認することだ。決して気持ちの良いものではない。

故人への思いを込めて、また少しでもご遺族のためになればと思い、小さな袋に託したささやかな気持ちを踏みにじられる思いがする。

もちろん係の人も好きでやっているわけではない。葬儀社のマニュアルで決められているのだろう。集計の金額が合わずトラブルになったことがあるのかもしれない。友人が言った。「いや私は助けられたことがある。会社の代表として葬儀に参加し、受付で香典袋を確認されたら中身が入っていなかった。赤恥をかきましたよ」。やはりあるのだ。でもいいではないか。会社関係など領収書のほしい人には別な受付をつくればよい。葬儀は人の心をつなぐもの。少しぐらい合わなくたって故人は許してくれるだろう。

さて、この習慣はほかの地域でもあるのだろうか。フェイスブックを通じて全国の友達に尋ねてみた。その結果、北海道はほぼ全域に広がっている。最近は広島県など本州でもあるそうだ。しかし長野や東京の友人は聞いたことがないといい、しきたりにうるさい名古屋の人はあきれ果て、野蛮な習慣だと驚いた。

結婚式も会費制が普通な道民の合理性は誇らしいが、今や当たり前になってしまったこの習慣を、できればやめてほしいと思うのは私だけではないだろう。

（二〇一六・十一・二十九、「朝の食卓」）

ＩＴ時代の恐怖

年老いて、キーの押し間違いが多くなったこのごろだが、パソコンのない生活は考えられない。メールのやり取りや、調べもの、ＣＤや写真の整理もできる。文章を書くのも簡単に修正ができてとても便利だ。

しかし、困ったこともある。パソコンの画面に突然警告が出るのだ。

「あなたのパソコンはウイルスに汚染されています。直ちに下記のサイトから、次のソフトをインストールしてください」

これはいかさまだ。初めはびっくりするが、あまりにたびたび出てくるので、もう慣れてしまった。

さらに先日、おかしなことがあった。ある朝、パソコンの電源を入れると見慣れぬ画面が勝手に開いた。グーグルという有名な会社からの案内で、その会社が行う週に一回の抽選で、私が全国の十人に選ばれ、クイズに答えれば豪華賞品が当たるという。ただし回答は六十秒以内……。経過時間を表す数字が画面の真ん中で動いていて、見る間に五十秒から四十九、四十八と減っていく。

「え！　何なの？　本当に当たったの？」

グーグルのロゴはどう見ても本物、でも何かおかしい。と思う間に数字は三十秒から二十九、二十八と減っていく。どうしよう、どうもおかしい……。結局、後ろ髪を引かれる思いで無視することにした。

パソコンに詳しい友人にこの顚末を話すと、最近この手のイカサマが多いとのこと。答えたとたんにウイルスに感染したり、パスワードを盗まれたりして大変なことになるのだという。

パソコンやスマホは手離せないけれど、ＩＴ時代の恐怖におののく後期高齢者だ。

厚真の地震に思う

二〇一八年九月六日の未明、胆振東部の地下で発生した地震は、厚真周辺の美しい地域で巨大な地滑りを発生させた。たくさんの方が亡くなり、いまだ行方不明の人も多い。

メディアが報じる空からの写真では、広い地域で地滑りを起こしているのがわかる。識者は地形の問題よりも、このあたりの地質のせいだと指摘している。

そう、このあたりは支笏湖の噴火による火山灰や軽石が数メートルも堆積しているのだ。またその上に樽前山などの噴火による小石や灰が積み重なり、極めて柔らかく、そして滑りやすい地質になっていた。

そこに最近の大雨。水分を多量に含んだ火山灰が、強い地震によって崩れたらしい。

私の父は地質学者だった。若い時は主に胆振東部の火山灰の分布を調べていた。早来に住み、このあたりを歩きまわって火山灰の性質や深さ、そしてその分布を詳しく調べ地図にしていた。残念ながら体を壊し、研究を完成させることはできなかったようだが、今回の地滑りはその火山灰の仕業だったのだ。

こんな場所が北海道にはたくさんある。これまで数百年間平穏であった場所も、いつ何時、牙をむくかもしれないのだ。

自然の力は計り知れない。科学の進歩は目覚ましいが、自然の力の大きさとそれに対する恐れを、私たちはもっと意識する必要があるのではないかと改めて思う。

（二〇一八・九・九、「朝の食卓」緊急投稿）

冷凍人間の石器

私の家の本棚に手のひらの倍ほどの石が置いてある。やや黄色みを帯びた角のとがったゴツゴツした石だ。私が死んだらこの石は間違いなく捨てられるであろう、何の変哲もない普通の石である。

私が大切にするこの石は、今から三十年前ほどに、私がはるばるスイスから運んできたものだ。

有名なゲーテの詩「野ばら」には、たくさんの作曲家が異なるメロディーを付けたという記録があり、その謎を探るドキュメンタリー番組の取材で、一九八七年（昭和六十二）、私はヨーロッパ各地を歩いていた。

ある日、スイスの田舎の村で「野ばら」を作曲した一人であるネーゲリという作曲家を取材した。このネーゲリに詳しい小学校の先生に話を聞いて、ギターでそのメロディーを弾いてもらった。素朴な「野ばら」だった。

帰り際、その先生の家の納屋に珍しいものがあるというので見せてもらった。小屋の中には棚があってたくさんの石が並べてある。この先生は考古学が趣味で、近くのベチコンという町の郊外に旧石器時代の石器が出るところがあり、そこに行って掘り出してくるのだという。よければ一つ差し上げますよというので喜んでいただいた。

しかしその後、一か月もの間、ヨーロッパ各地をこの重い石をトランクの中に入れたまま旅を続けることになってしまった。旅が長いと荷物はだんだん増えて重くなる。この石を何度も捨てようと思ったが、大切なものをくれたあの先生の優しさを思うと捨てられず持ち歩いた。

そして帰国。旧石器を専門とする考古学者の友人に見てもらうと、これはブレードという刃物の原料となる鋭い石のかけらを剝ぎ取った元の石で、人間が作った道具の始まりともいえるとても貴重なものとのこと。「おそらくこんな大きなものは日本にはない、大切にしたらいいよ」と言われてうれしくなった。

ただ彼は「できればいつ、どこで発掘したかという正確な記録も残しておくといいね」というので、取材に立ち会ってくれたドイツ在住の友人に頼み、あの音楽の先生に聞いてほしいと頼んだのだが、先生はすでに亡くなられていた。しかし現在、この石を収集した場所の近くのベチコンという町では、この地に人間が住んで五千年がたったことを祝う「ベチコン五千年祭」のイベントをやっているとのことだった。

地図をよく見ると、スイス南部のこの村はアルプスの裾野に位置し、近くには一九九一年に氷河の中からミイラの状態で見つかったあの有名な冷凍人間《アイスマン》「エッツィ」が発見された場所に近い。そうするとあの「エッツィ」の仲間たちが、この石からナイフや斧を作っていたのだろうか。この石にはもしかして彼らの指紋が残っているのだろうか。想像ははてしなく膨らむのだ。

小さなＩＴのチップが世界を変える今日、五千年前の文明の利器とも思われるこの石を、どうしても捨てられない私である。

平頂山で見た骸骨

二十五年ほど前、テレビ局に勤めていた私が姉妹提携を結んでいた中国遼寧省《りょうねいしょう》の遼寧電視台（放送局）を訪問した時のこと。周辺を一日観光することになり、どこへ行きたいかと訊かれたので、平頂山《へいちょうざん》の「万人坑《まんにんこう》」へ行きたいといったら、電視台の幹部は「本当に行くのか」と驚かれた。

平頂山の「万人坑」とは、第二次大戦の最中、日本軍が村人を平頂山の谷に集めて一斉に銃を乱射して殺し、その上に土砂をかけて埋めたとされる遺構のこと。村人の遺体が骸骨になって数千体も発掘され、それが公開されている。

かつて本多勝一氏の本でこのことを知っていた私は、中国でロケをした時に協力してくれた中国人スタッフにこの「万人坑」について尋ねていた。彼らによると、子供たちは皆、小学生になるとこの「万人坑」を訪れて、日本軍の残酷さと戦争の悲惨さを学習するのだと聞かされていた。

翌日、電視台の幹部は平頂山の「万人坑」へ案内してくれた。途中、花屋により手向ける花を買った。

平頂山は瀋陽《しんよう》の北方、数時間のところにある撫順《ぶじゅん》という炭鉱都市のはずれにあった。このあたりは露天掘りで良質な石炭が採れるので、日本軍はとても重要視していた地域だった。

しかしこの地に駐留した日本軍に対して中国人の抵抗する動きが活発化したため、日本軍は村人を虐殺したと伝えられている。今、その場所には学校の体育館のような建物が建っていて、昔の集落の様子がジオラマで再現されている。

そして大きな屋根の下には、表に露出しているだけでも約八百体、全部で三千体といわれる骸骨が累々と積み重なっていた。中には子供を抱きかかえているもの。針金で手を縛られているもの。弾が貫通した頭蓋骨。亡くなったそのままの姿で白骨化しているそれらの様子は、ものすごい力で私の胸に突き刺さってくる。目を背けるというよりは、ただただ人間のなしえた悍《おぞ》ましい仕業に涙が止まらなかった。戦争中に軍部が行ったこととはいえ、同じ日本人が犯したこの大虐殺の結果を私たち日本人は皆、自分の目でしっかりと見る必要があるのではないか、そうしないと日本と中国の真の相互理解はあり得ないとさえ思った。

帰札した私はHBCの社内報にこのことを書いた。すると、終戦時に中国にいたことがあるという先輩が「あれは嘘だよ、骸骨は作りものだ。中国の反日宣伝だよ」というのだ。

まさか、中国の子供たちがみんな見て戦争の恐ろしさを学んでいるものがニセモノなのか。そんなことはないだろう。こんな方法で日本人の残酷さと卑劣さを子供のころに植え付けられたら、終生、日本人に対する偏見は消えないだろう。もしそうなら、どうして日本政府は抗議をしないのか。このような問題を正さないと、真の中国と日本の相互理解はかなうはずがない。

私は何度かこの真実を追求する番組の企画を企てたがうまくいかなかった。それは、遺骨という神聖なものの真贋《しんがん》を確認するという難しさと、あとは数の問題だ。語り伝えられているような残酷な事実があったとしても、それがあのように三千人もの虐殺だったのか。もしかして事実は数十人で、それを誇張するために人骨の模型を加えて並べているのではないか。そんな疑問が次々とわいてくる。

さらに中国は長い歴史のある国だ。数千年にわたって多くの内乱を繰り広げてきた。「数百の人体が埋まっていてもおかしくはないよ」という人までいた。

結局、番組はできなかった。尖閣諸島の問題や靖国参拝の問題など、日中間で問題が起きるたびに、子供たちが涙を流してみているこの平頂山の真実が解明されない限り、日本と中国の間の真の相互理解はできないのではないかと残念に思う日々が続いている。

果物禁煙法

ある野党の代表が、議員会館の事務所で禁止されている喫煙をしていたと報じられている。なんということだ。

「喫煙は個人の権利だ、人からとやかく言われたくない」と思うかもしれない。それはその通りだ。ただ政党を率いるものとして、将来は首相になるかもしれない立場の人が、体に悪いことが、また環境に悪いことが明白になっているタバコを止められないという、意志力の欠如が問題なのだと思う。

私の父はタバコをこよなく愛した。今でも墓参りにはタバコを一本墓前に供える。しかし、一つ屋根の下で暮らしていた亡兄は重い喘息で苦しんでいた。当時はタバコが喘息に悪いとは誰も思っていなかった。科学者であった父もそんなことは考えず、喘息で苦しむ子供の前でタバコを喫っていたのだ。

私もヘビースモーカーだった時期がある。撮影でイライラした時や徹夜で編集をしているときなど、タバコは鎮静剤の代わりになったし、また箱から取り出し火をつけ煙を喫い込んで大きく吐き出すその間合いがとても心地よかった。

多い日には一日百本も喫っただろうか。喫うというよりは灰皿でくすぶっている方が多かったかもしれない。

特に雨のゴルフ場や露天風呂の湯船で喫うタバコは格別だった。パイプタバコはブランデーで濡らして保存するように、タバコは少し湿っている方がうまいと思う。

カリフォルニアに住む姉の家に行った時は、空気が乾燥していてタバコはとてもまずかった。そして姉からは「タバコはやめてよね、このあたりではタバコを喫う人は普通の人と見られないから。タバコを喫う人は皆おかしな人だから」と叱られた。

その私が愛するタバコをやめたのは四十三歳の時だ。大きな海外での仕事を抱えていた。尊敬する先輩が私に言った。「長沼君、外国で仕事をするのならタバコはやめたほうがいいね。向こうではタバコを喫う人は意志の弱い人と見られるからね、誰も相手にしてくれないよ」。

そのころ、すでに日本でもタバコは健康や環境に悪いのではないかと言われ始めていたが、アメリカやヨーロッパではタバコの害はもっとはっきり認識されていたようだ。

そして俳優の大滝秀治さんにも追い打ちをかけられた。「長ちゃん、唇が紫色だね。タバコのせいだと思うよ。やめたほうがいいね。死ぬよ……」。

正直、そのころは体調が悪かった。血圧が高いのだ。徹夜が続くと頭がふらふらする。降圧剤を多めに飲んで、さらに具合が悪くなったこともあった。

そこで巡り合ったのが「果物禁煙法」。それまで何度か「禁煙」に挑戦したが、なかなかうまくいかなかった。しかし私は果物が大の好物。この禁煙法はやれるかもしれないと取り組んだ。

方法はこうだ。まず土、日曜が休める前日の金曜日にいろいろな果物とジュースを大量に用意する。出来るだけ普段食べたことのない、飲んだことのない珍しいものが良いとのこと。そして金曜の夕食を食べておもむろに一本タバコを喫ったら、それが「禁煙」のスタートだ。

しばらくして、タバコを喫いたくなったら果物を半分ほど食べる。すると少し気が紛れる。また喫いたくなったらジュースを一口。こうやって一晩を過ごし、次の土曜日もどこにも出かけずこれを繰り返す。珍しい果物とジュースで何とか気が紛れるから不思議だ。

日曜の午後になると、やはり我慢ができなくなりついにタバコに手がいった。指導書には「一本だけなら許す」と書いてある。ここで挫折する人が多いのだろう。しかしこの一本、この二日間の我慢を考えると、これを無駄にしたくないとの思いからかそんなに喫いたくないのだ。半分でやめてしまった。

月曜の朝。ここまでくると二日以上も喫っていなかったという禁煙の価値がとても重要に思えてくる。よしできるだけ我慢してみよう。

そして一週間も喫わないでいると、だんだん胃袋がタバコをほしがってくる。胃の壁面にタバコのヤニがついていて、それが少なくなりタバコをほしがっているのだろうか。とにかく体の内側からニコチンを要求してくる。ここが我慢のしどころだ。せっせと果物を食べ、ジュースを飲む。きっと水分でニコチンを排出させる効果もあるのだろう。

三週間もするともう後戻りはしたくない。「ここまでやったのだから」と思えるようになってくる。ついに私はタバコを止めることができたのだ。

私はタバコを喫う人を決して軽蔑するわけではない。出来れば私も喫いたいと思っている。もう長生きを第一に考える年齢ではないし、多少の害はあっても小さな快楽を老いらくの友としても良いのだろうが、人に迷惑をかけないという条件が付く。

ただ最近の嫌煙ブームは、タバコの愛好者にとってはとても受け入れがたいものだろう。

皆に嫌がられ、社会から白い目で見られ、ホタル族とか言われて夜ベランダに出てタバコを喫う。自分の家でも居場所を失うくらいなら、やめてしまおうと思う人も多いのではないだろうか。

しかし、私には大きなことが言えない弱みがある。実は「果物禁煙法」には大きな欠点があった。それは果物やジュースの取りすぎによって糖分過多で太るということだ。禁煙により胃の調子が良くなったこともあるのだろう。何を食べてもおいしくて一〇キロほど太ってしまった。そしてそのことが間接的な原因となったのか、突然心臓が止まり、死にかけたこともあった。

「果物禁煙法」のおかげで何とかタバコはやめることができたが、今は減量のため甘いものの誘惑と闘っている私である。

さよなら平成

間もなく平成が終わる。

今から三十年前の平成元年、一九八九年を調べてみると、懐かしいさまざまなことがあった。

一月七日に昭和天皇が崩御、翌日元号が平成に変わった。一月二十日にはアメリカでジョージ・ブッシュが第四十一代の大統領になった。二月九日には手塚治虫が亡くなり、二十五日にはソ連がアフガンから撤退する。

四月には任天堂が携帯型のゲーム機「ゲームボーイ」を発売、世の中にゲーム旋風が巻き起こる。そして六月四日には北京で天安門事件が勃発する。この時、私は中国東北部でテレビドラマのロケをしていた。同じ六月四日、ポーランドで自主管理労組「連帯」が圧勝、十一月には中国で鄧小平が軍事委員会主席を辞任する。

そして十一月十日、かつて私も何度も東西を行き来したベルリンの壁が崩壊し、東ヨーロッパの民主化が一気に進む。

同時に日本の経済はバブルの道を一直線、十二月二十九日には日経平均株価が三万八九五七円を超え史上最高値を記録した。この時、私は四十五歳。仕事に没頭し、海外での撮影も多かった。無我夢中で過ごしたエネルギッシュな時代であった。

その平成が間もなく終わる。そして私も普通に年をとった。しかし、「何かをしたい」と思う気持ちは三十年前と全く変わらない。

三年間続けてきた「朝の食卓」の執筆も終わる。投稿しなかった原稿も多くあるので、落ち着いたそれらをまとめて小さな本にしようと思う。

さよなら「平成」……。

「幸せ」って何だろう

「幸せ」とはやはりお金だよ、という人がいる。しかし、お金持ちはいくらお金があっても満足できないものらしい。報じられているカルロス・ゴーン容疑者の報酬額には驚いた。一般庶民の数百倍。彼はそれだけ「幸せ」なのだろうか。

健康であることも「幸せ」の重要な条件だ。今年のノーベル医学生理学賞は、ガンの免疫療法で功績のあった本庶佑《ほんじょたすく》さんに贈られた。素晴らしいことだと思う。しかし医学の進歩は人の寿命を延ばしているが、一方では本人の意思とは関係なく、意識のないまま延命治療を受け続けている人もいる。本当に「幸せ」なのか、不安になる。

今年大活躍した若ものたち。羽生結弦に藤井聡太そして大坂なおみや大谷翔平。すべての若者が彼らのように夢をかなえられるわけではないが、苦しくても目的に向かって努力しているその姿は「幸せ」そのものだ。

そして、身の回りにも小さな「幸せ」がたくさんある。私が子供のころのある年の暮れ、夜遅くまで働いていた母親が、一日の仕事を終えてようやく風呂の湯船につかった時、思わず「ナンマイダ、ナンマイダ」とつぶやいた。冷えた体を暖かいお湯に浸した瞬間、体の中に染み渡る極楽のような幸福感。これこそが誰でも味わえる「幸せ」の原点なのかもしれない。

もうすぐ今年も終わり、私の寄稿もこれが最後となった。

私も皆様に感謝して「ナンマイダ、ナンマイダ……」。

（二〇一八・十二・十五、「朝の食卓」）

桜を見る会

二〇一九年、安倍総理大臣主催の「桜を見る会」が大きな問題になった。各国の大使や各界で功績のあった人を招き首相を囲んで桜をめでる会と聞くが、近年、首相の地元の選挙民がかなりの数招かれていたことが判明した。膨らむ予算に加えて選挙運動にも利用されたのではないかと疑われている。

さらにその詳細を確認できる招待者名簿は、すでに破棄されてないという。破棄の理由は個人情報が含まれているからだそうだ。

何が個人情報なのだろうか。

招待者の住所や電話番号は確かに個人情報だろう。しかし、国が国費を使って誰を招待したかについては個人情報とは言えず、招待者の名前や肩書は明らかにされるべきだと思う。首相と一緒に桜をめでる会へ招待された栄誉は、秘かに消されるような怪しげなものではないはずだ。

実は二〇一九年の桜を見る会の招待状が私にも届いていた。数年前に小さな勲章をいただいたので、その関係だろうと想像した。

しかし出欠は返信する必要がないという。この招待状を当日会場の受付に出すだけでよいというのだ。

私はいぶかしく思った。旅費はすべてこちらの個人負担だし、何か軽い会のような気がして出席を取りやめた。

そして半年後、この問題が持ち上がった。

何ということだ。この会はやはり政治家の票集めの会合だったのか。いやそうではなかろう。本来は色々な分野の功労者や在外公館の関係者などを交えての有意義な会であったはずだ。

この会の政治的な利用は以前からあったのでは、とも伝えられている。

そして菅新総理は翌年以降の会の廃止を決定した。いろいろな人の思惑が入り混じる桜を見る会。
見られる桜も恥ずかしくて目を背けているだろう。

二、コロナの彼方へ

デ・ニーロのように

二〇二〇年二月末のある日、長い映画を見た。第二次大戦後のアメリカのギャングの世界を回顧風に描く「アイリッシュマン」。アカデミー賞で韓国映画「パラサイト」に惜しくも敗れた話題作。主にインターネット上で鑑賞されるNetflix作品で、三時間三十分休憩なし。

出演はロバート・デ・ニーロ（一九四三年生まれ）、アル・パチーノ（一九四〇年生まれ）、ジョー・ペシ（一九四三年生まれ）と、いずれも私（一九四三年生まれ）とほぼ同世代の名優たち。デ・ニーロとアル・パチーノは「ゴッドファーザー」、ペシは「ワンス・アポン・ア・タイム・イン・アメリカ」などの名作でとても印象的な役を演じたスーパースターだ。特にアル・パチーノの「スケアクロウ」は、私のドラマ作りのバイブルだった。

若い時にトイレのにおいのする映画館で食い入るように何度も見たこれらの俳優が、そのまま年をとって演じる年老いたギャング映画のスクリーンを、やはり同じように年老いた私がおしっこを我慢しながら観客として見ている。

デ・ニーロの拳銃さばきは昔ほどの切れはないが、額のしわに刻まれた渋い演技は相変わらず。アル・パチーノはあまりにも老けすぎて最初はわからなかったが、次第に華のある演技に魅せられた。

大スターたちも私も年をとったが、およそ五十年の時を経て再び映画館で向かい合うことができる喜びを感じながら、私はデ・ニーロのようにコートの襟を少し立てて映画館を出た。

狸小路を行きかう人々はマスクだらけ。あたりにギャングの気配はないが、もっと恐ろしい新型コロナウイルスの恐怖が漂っていた。

彗星接近

今年（二〇二〇年）の春、国会はマスクについての議論で紛糾した。そして近所のドラッグストアには未だマスクが売られていない。すべての店からマスクが消えてしまったのだ。

そこで子供のころに学校で見た映画を思い出した。それはある日、大きな彗星が地球のそばを通過し、五分間だけ地球上の酸素が無くなるとの噂に右往左往する人たちの話だ。

水の入った洗面器に顔をつけて呼吸を止める訓練をする人、風呂桶の中に隠れてなんとかしのごうとする人。

そして人々が注目したのが自転車のチューブだ。空気を入れてそれを吸っていれば助かるというもの。たちまち自転車のタイヤからチューブが抜かれ、高額の値段で買い占める人が出てきた。そして金持ちの子供が体に空気を入れたチューブを十本も巻き付けたが、転んでチューブがパンクして泣き出すありさま。しかし、その時間になっても彗星は現れず、何事もなく時間は過ぎていくという皮肉な物語だった。

さて、新型コロナウイルスは彗星と違って現実に地球へやってきた。ウイルスに対抗するワクチンの開発には時間がかかり、とりあえずできることは手洗いとマスクの着用だという。

そこで人々は、われ先にとマスクを買い占めた。ニュースによればマスクは大量に輸入されているし、国内の生産も始まっているとのこと。それなのに市中の店頭には全く出てこない。マスクはどこへ行ったのか。誰かが高い値段で買っているのだろうか。

彗星の接近を恐れた昔の人のように、皆で家の中に閉じこもり、風呂桶の中で息をひそめて新型コロナが宇宙のかなたに行ってしまうのを待つばかりなのだろうか。

危機を間近に感じると、人間の本性が現れるという。悲しいマスクのお話だ。

コロナの行方

二〇二〇年八月、新型コロナウイルス（以下、新型コロナ）によって世の中が混沌としている。これまでに世界中で八十万人もの死者が出たといわれている。今のところ決定的な治療薬も予防のためのワクチンもない。人々は恐れおののくだけで、冬眠する熊のように動きを止めた生活を余儀なくされている。

「三密」とか言われて人と接することを避け、皆マスクをして恐るおそる生活している。いつまで続くのだろうか。

一時、たくさんの死者が出た、ニューヨークの病院で働く日本人の看護師さんからのメールを、友人が転送してくれた。

「次々にコロナに感染し集中治療室に運び込まれる重篤な患者たち。はじめのうちは間もなく亡くなる患者の手を握りしめ励ましながら看取ったのだが、そのうち余りの重篤患者の増加に、もうすぐ絶命する患者の手を振りほどき、泣きながら次の患者のところへ向かわねばならなかった」と、孤独に死にゆく患者を看取る余裕もない、そのつらさを彼女は訴えていた。

人は必ず死ぬが、突然ウイルスに襲われ、隔離され、家族とも会えず、たった独りで苦しみながら死んでいくのはつらいことだ。死ぬ時は安らかに死にたいものだと誰しも思うだろう。

しかし、ただ恐れてばかりでは社会が死ぬ。なんとか新型コロナに冷静に対応しながら、社会活動を復活させることも必要だろう。

私は春から、遺伝子研究では世界最高峰のロズウェルパーク研究所で研究を続けてきたアメリカ在住の遺伝子学者松井制一氏と、北大名誉教授で免疫学者の小池隆夫氏との新型コロナをめぐる議論に、素人ながらインターネットを通じて参加してきた。二人とは共に音楽を楽しんだ学友だ。

六月からの二人の論点は、まず新型コロナの弱毒化だった。松井氏は世界中で発表されている論文やデータを調べて、明らかに新型コロナは遺伝子を変異させ弱毒化していると主張し、免疫学の立場から小池氏もこれに賛同した。その考え方を素人の私にもわかるレベルにまとめ、それをfacebookに投稿して大きな反響があった。

しかし、国は二〇二〇年八月末の段階でも弱毒化を認めなかった。厚労省の信頼する専門家集団であるアドヴァイザリーボードは、「新型コロナウイルスの弱毒化は科学的根拠なし」と弱毒化説をはっきり否定し、六月以前とその後では新型コロナによる致死率（死者数÷感染者数）は上がっているとさえ言った。

アメリカの松井氏が怒る。何を言っているのだ、致死率の減少はどう見ても明らかだ。松井氏によると、日本でも新型コロナの弱毒化が進んでいて、死者の割合は感染者の数に比べて三〜五月の第一波における五パーセントに比して、七、八月の第二波では〇・四七パーセントと十分の一程度に低下している。これはすでにインフルエンザ並みだという。

また小池氏によると、世界で最も権威のある医学誌のLancet誌は「最近認識されている新型コロナウイルス感染症の軽症化は、遺伝子変異の結果としてのウイルス自体の弱毒化で説明できそうである」との論文を発表したとのこと。

一部の遺伝子の変化による「新型コロナの弱毒化」の例は、他にも報告があるという。

新型コロナが弱毒化しているかどうかは、すべての政策の根拠となる重要な指数だ。日本も国を挙げて調べるべきだと、松井氏と小池氏は力説する。

もちろん、明日のことは誰にもわからない。今のウイルスを克服しても、また別なウイルスが襲ってくるかもしれないし、気温が下がればウイルスはまた活発になるかもしれない。しかし、情報だけは正確に、そして早く伝えられるべきだと思う。

報道によると国は、アメリカの製薬会社と六千万人分の新型コロナに対するワクチンの購入を決めたとのこと。アメリカでの治験が終われば、十月からでも日本に入ってくるという。友人二人はこれにも疑問を投げかけている。果たして大丈夫だろうか。

ワクチンは副作用の克服が大きな課題だ。その影響を人体で検査する治験は、時間をかけて慎重に行われるのが鉄則だそうだ。十分な治験を行った安全なワクチンが、早く開発されることを期待する。

九月になってアドヴァイザリーボードは致死率の低下をようやく認めた。それも控えめに修正したという感じだった。

こんなふうにコロナの弱毒化を否定して、急いでワクチンを高額で購入する国の事情は何だろうか。

コロナの彼方のありえない妄想を繰り広げながら、インターネットを通じて深夜の議論を繰り広げている七十歳をとうに過ぎた三人の老人である。

キャバクラの娘

いったん沈静化した新型コロナが、夏になって札幌でも再び蔓延《まんえん》しだした。今度は若い女性の感染者が多いのだという。クラスターの発生源はキャバクラだ、とススキノから乗ったタクシーの運転手は言った。

彼は続けて興味深い体験を話してくれた。話はこうだ。

ひと月ほど前の深夜、ススキノで一人の若い女性を乗せた。何も持たず短いスカートをはいたきれいな子だった。女の子は「網走に行って」といった。

運転手はびっくりして「オホーツクの網走？　五万か六万円かかるよ？」と訊くと、女の子は「大丈夫、網走に実家があるから母親に払ってもらう」とのこと。運転手はちょっと不安だったが、コロナの影響で最近の売り上げはさっぱり。長距離のお客さんは神様のようだった。「よし行こう」と女の子を乗せて車を走らせた。

女の子はおしゃべりだった。とてもかわいらしくアバズレには見えない。十九歳だと言うがもう少し幼く見えた。

ススキノのキャバクラで働いていると話した。最近、近くのキャバクラからコロナが出て自分が働いている店も休みになったので、実家に近い北見のキャバクラで働くのだという。貯金は少しあったがホストクラブで使ってしまったと屈託なく笑った。

岩見沢のあたりで女の子はお腹がすいたと言いだした。三百円しか持っていないという。仕方なくコンビニによって、飲み物とおにぎりと飴を買ってやった。女の子はおいしそうにおにぎりを食べながら「ドライブみたいだね」とはしゃいでいた。

そのうち「隣に座っていいかい?」というので「それはだめだ、法律で助手席には乗せてはいけないことになっている」と言うと、「後ろが一杯の時は隣に乗せるでしょう、いいじゃん」とせがんだ。「駄目だよ、警察に捕まる」と運転手は拒んだが、暗い夜道の長い旅、内心は横に乗せてやりたかった。

女の子は歌を唄ったり携帯でゲームをしたり、そして子供のころの話をしたりして楽しそうだった。両親と行った網走湖のキャンプや親せきのお兄さんが漁師でカニをたらふく食べた話などをとめどなく話した。そして父親は、小さい時に家を出たとも言った。女の子はいつの間にか寝てしまった。

ようやく網走についた。オホーツク海が朝日に輝いている。

目を覚ました女の子は、何やら紙に書いて運転手に渡した。「逃げると思っているでしょう。私の電話番号。ひと月も北見で働いたら、また札幌に戻ってキャバクラに勤めるから遊びに来て」と屈託がなかった。

母親が住んでいるという粗末なアパートの前で車を止めた。女の子は「母親にお金をもらってくる」と言いながら家の中へ入っていった。しかしなかなか出てこない。裏口から逃げられたかな、と不安になり車から降りたとたん、ものすごい勢いでドアが開き女の子が飛び出してきて地面に転げた。後から母親と思われる髪を振り乱した女が出てきて女の子に向かって叫んだ。「二度と来るなといったっしょ！　お前は疫病神だよ、これ以上私の生活を壊さないで、もう来るな!!」と叫ぶと、後から出てきた男に促されて家に入りバタンとドアを閉めた。

娘はしばらく立ち上がれなかったが、「クソババー、男なんか連れ込んで。もう絶対帰ってこないよ……」と言って車に乗り込んだ。

「運転手さん、心配しなくていいよ、お金は払うから。働く予定の店に電話してお金を借りるから、北見に行って」。女の子は何やらメモを取り出すと、これから勤める予定だという店に電話をして面接の約束をした。

もう昼だった。盛り場の裏の方の雑居ビルの前についた。「前借りしてくるからちょっと待っていて」と言って、女の子は建物の中へ入っていったが、しばらくして店のマネージャーらしい男と出てきた。男は言った。「立て替えることはできないよ、でも一週間も働けばタクシー代くらいはできるから払わせるよ」。「私、頑張るから」と女の子は屈託がなかった。

心配そうな表情の私に男は言った。「うちデリヘルだから、若い子は人気があるんだ」とにやりと笑った。運転手は車を運転して札幌に帰った。タクシー代は自分が立て替えて会社に払った。なけなしの金だった。

そして三日後、デリヘルのマネージャーから電話が来た。

「逃げられたよ。三日働いたらバス代ができたんでいなくなっちゃった。売れていたんだけど、やはり札幌のほうが金になるからね」

運転手は財布の中から女の子のメモを探し出して電話をした。女の子は「今、ソープで働いてるの、来ない」と誘った。「払ってくれよ、約束だろう」と言うと「払うよ、分割でね」と口座番号を訊いてきた。

それから毎週二万ずつ、彼女は間違いなく入金してきた。そして、タクシー代は完済された。最後の振り込みには、利息のつもりか五千円多く入っていた。

お礼を言おうと電話をすると、「この電話は使われていません」というメッセージが繰り返されるだけ。

ラジオのニュースは、ススキノで新たなクラスターが発生したと伝えていた。

タクシーの運転手さんから聞いた話である。

「BARかまえ」の人々

一時は中国やタイ、台湾など海外の旅行客であふれた狸小路界隈《かいわい》は、コロナの風が吹くとほとんど人が消えてしまい静かな街になっていた。

しかしコロナが少し落ち着くと、どこからともなく人が集まってきて、また活気を取り戻しつつある。

狸小路六丁目の南二条通側角にあるホテルサンルートニュー札幌の一階に、表通りに面して「かまえ」という小さなバーがある。以前はホテルのスキー乾燥室だった部屋を改造した、七人も入ればいっぱいになるスタンドバーだ。

コロナの騒ぎでしばらく休業していたが、最近はまた常連客が戻ってきた。

九州は大分県南部の蒲江《かまえ》町（現・佐伯市）出身のマスターと、北海道教育大学札幌附属中学校から市立札幌旭丘高校で学んだお嬢様でこのホテルが建つ場所で育ったという奥さんが、仲良く切り盛りしている。

マスターは俳優さん。倉本聰さんの紹介で、私が演出したホンカンシリーズにも出演したことがあるし、黒澤明監督の「乱」や大島渚監督の「戦場のメリークリスマス」にも出た二枚目の渋い役者だ。

そして彼は、ススキノを舞台にした大泉洋・松田龍平主演の映画「探偵はＢＡＲにいる」のマスター役でも出演している。それを知った「探偵はＢＡＲ」ファンが全国から押し寄せていたが、今はコロナで小休止だ。

さて私はこの店をよく訪れる。会合などの帰りに立ち寄り、コーヒーを一杯飲んで帰るのだ。本来はバーなのだが、私のためにおいしいコーヒーを出してくれるありがたい店でもある。

料金は安い。なんでも一杯五百円。高い酒を頼むと少し上がるが、チャームもとられない。そして大分蒲江のうまい魚も焼いてくれる。

そんなせいか常連客も多い。そしてその常連たちを見ていると、実に面白い人たちが、このコロナの世の中で生き生きと楽しく暮らしているのがよくわかる。

例えば丹波さん。本名は知らないが俳優の丹波哲郎に似ているので、いつしか丹波さんと呼ばれるようになった。彼は絶対に椅子に座らない。いつも開けっ放しの店の入り口に立って酒を飲んでいる。コンピュータが三台も入っているという重いリュックを背負い、きちんとネクタイをした初老の紳士だ。狸小路界隈が仕事場なのか、一日に数度訪れては立ったまま無言で飲んでいく。必ずマスターに一杯おごるのでマスターにとっては上客だ。

それから元高校の先生のTさん。無類の映画好きで、近くの映画館シアター・キノの帰りには必ず立ち寄る。彼は高校生のころ、私の初演出のドラマ「聖夜」(脚本・倉本聰)を観て北海道にやってきたという人で、彼の人生には私も少し責任がある。近くのバッタ屋で買った二百数十円という黄色の帽子をかぶり、同じ黄色のシャツを着ていて、極めて目立つ存在だ。

近くの映画館に勤めるY君は学生時代からこの店に入りびたりだ。パソコン片手に青臭い議論をしていたが、いつしか近くの映画館の営業マンになり一生懸命働いている。マスター夫婦にとってはかわいい息子のような存在だ。

そして大学の先生もたくさん来る。元北大教授のIさんは毎晩のように酔って現れる。奥さんが仕事で忙しいらしく狸小路を来る日も来る日も飲み歩き、この店にも一晩に二回は現れる。話好きで話題が尽きない明るい老人だ。

極めつけはカッチャン。前歯が欠けているがいつもニコニコと機嫌が良い。彼は美術大学でデザインを学んだ芸術家だが、今は写真に凝っている。被写体はカラスと女性。狸小路や薄野あたりにたくさんいるカラスをひたすら写真に収めている。それもできれば女性がらみ。

例えば歩く女性の素敵なおみ足の向こうに、上を見上げるカラスの親子などなど。狸小路の路上に寝そべりカラスと女性を撮りまくる変なおじさんは、いつもおまわりさんに叱られている。

この店は「SAKE BAR かまえ」というのが正式な名前でネットでもそのよう

に表示しているから、海外の観光客が検索した際にヒットする確率が高いらしく、欧米人が良く訪れていた。

奥さんの達者（？）な英語で会話を楽しみ、ネットで感想が拡散して別な外国人がやってくる。「かまえ」は国際社交場でもあったのだ。

そんなかまえに外国のお客さんが再び現れるのは、いつのことだろうか。

入り口のドアを開け放し、プラスチックの板をカウンターに立ててコロナ対策に気を配りながら、マスターとママさんはコロナ禍が早く収束するのを、首を長くして待っている。

ガーベラの花二輪

四十八年連れ添った妻が急逝した。長く患ってはいたが最近は家で寝たり起きたり、何とか生活していた。背骨の圧迫骨折もあり、ようやくトイレに行けるほどだった。

その日、ゴルフ場から帰る途中で家に電話をしたら話し中だった。

そして家に帰ってみると、いつものように妻はソファに横になっていた。しかし、様子がおかしい。

近づいてみると明らかに変だ。名前を呼び、体を揺するが返事がない。急ぎ二階に住む娘夫婦を呼び、一一九番に電話した。そして救急センターの指示に従い、妻を床に寝かせて心臓マッサージをしたが変化はなかった。救急車が到着してかかりつけの大学病院に行った。しかし、すでに死亡しているとのことだった。心臓麻痺だった。

妻は亡くなる前日、久しぶりに一人で外出したと言った。タクシーを呼んで近くのスーパーに行ったそうだ。いつもは私が買い物をし、月に一度くらいは車いすで一緒に出掛けた。いつも花屋を覗くのが楽しみだった。

この日も妻が買ってきたのであろうピンクのガーベラが二本、台所の水差しに入っていた。

妻は子供のようだった。世間になれず人付き合いも下手だった。寂しがり屋だったので、忙しい私との生活はきつかったろうと思う。

亡くなる直前に電話で話していたのは姉だった。何も変わったことはなかったとのことだった。

あっという間の死。私があの世に行きかけたときのように、何も考えることもなく、何も苦しむこともなく、あっという間に人生を終えることができたのなら、長い間病気と闘ってきた妻にとってはよかったのではないかと自らを慰めている。

あれから一年が過ぎた。あまりにも突然の別離だったので、今にも隣の部屋から出てくるような気がする。

家内に花でも飾ってやろうと花屋に行ったら、あのピンクのガーベラが盆花の奥の方に隠れるようにあった。

二本のガーベラを買い、遺影の前に飾ってあげた。思わず涙が込み上げてきた。

コロナの影に世界中がおびえる二〇二〇年の夏の終わりである。

あとがき

二〇一六年一月一日から二〇一八年十二月十五日までの約三年間にわたり、北海道新聞朝刊の名物コラム「朝の食卓」を執筆させてもらった。私の担当はほぼひと月に一度だったが、多くの方から感想や励ましをいただいた。その時に書いて掲載しなかった原稿もたくさんあり、またその後、新たに書いたものもたまっていたので、思い切って本にまとめることにした。

年をとってくると何かと我が儘になり、言いづらいことも口にするようになる。もしかすると、本書を読んで気分を害される方もおられるかもしれない。老人のたわごととお許しをいただきたい。

書名は「日々《にちにち》雑志記　なんか変だな」とした。明治十年の西南戦争で西郷軍と闘った私の曾祖父が、毎日記録した従軍日記のタイトル「日々雑志記」を借りた。命を懸けた日々を綴った曾祖父の日記とは違い、私の文章は甘く幼いが、一度死に損なって胸にAEDを埋め込んでいる私の日々の想いは、ある意味で、曾祖父の従軍日記に通じるものがあるかもしれない。

この本では、子供の頃の思い出や薫陶を受けた人のこと、また音楽やスポーツの感動など、私がリアルに実感し、心から納得した事柄だけを書いたつもりだ。その一方で最近、社会や政治や健康や、その他の身の回りの出来事について、何かしら割り切れず違和感を覚えることも増えている。

自分の無知や感性の乏しさのせいかもしれないが、そんな想いを「なんか変だな」というタイトルに込めた。その想いが、少しでも伝わればうれしい。

本書の出版にあたっては、多くの方にお世話になった。

まず、「朝の食卓」の原稿を丁寧にチェック、修正してくれた、北海道新聞社の高須賀渉さん、山下幸紀さん、澤田信孝さん、清水博之さん、安本浩之さんに心から感謝したい。

出版に際しては、素晴らしい装丁に仕上げてくださった須田照生さん、また表紙の絵を提供してくれた幼馴染の画家・太田保子さんと素敵な挿絵を書いてくれた実姉・塩谷淹衣にも感謝したい。

そして、このまとまりのない私の雑文を、上手にまとめていただいた亜璃西社の井上哲さんと、この出版に向けて強く背中を押し、適切なアドバイスもくださった、旧友で亜璃西社代表の和田由美さんに、心から感謝を申し上げる。

最後に、本書を見ることなく他界した亡き妻にこの本を捧げたい。

二〇二〇年晩秋

長沼　修

＊著者略歴　長沼　修（ながぬま・おさむ）

一九四三年札幌市出身。札幌西高校、北海道大学農学部卒業。大学時代は北大交響楽団に所属し、コントラバスを担当。六七年、ＨＢＣ北海道放送入社、以降、テレビの制作現場で百本以上のドラマやドキュメンタリー、音楽番組などの制作に、演出、プロデューサー、助監督などとして携わり、多くのテレビ番組を北海道から全国に発信。八七年に「童は見たり」が文化庁芸術祭テレビドキュメンタリー部門で最高賞の芸術作品賞受賞、九一年には「サハリンの薔薇」がテレビドラマ部門の芸術作品賞受賞。そのほか、東芝日曜劇場「春のささやき」「ホンカン仰天す」など多くの受賞作品を制作、演出。二〇〇〇年北海道放送社長、〇九年同社会長を経て、一〇年株式会社札幌ドーム社長。一七年退職し、同年株式会社ラファロを設立、代表取締役に。現在、北海道民放クラブ会長、裏千家淡交会札幌連合会長、ＮＰＯ法人北海道国際音楽交流協会（ハイメス）理事長、札幌ゴルフ倶楽部副理事長などを務める。日本ペンクラブ会員。著書に『北のドラマづくり半世紀』（北海道新聞社）ほか。

日々《にちにち》雑志《ざっし》記《き》　なんか変《へん》だな

二〇二〇年十二月十二日　第一刷発行

著　者　長沼《ながぬま》　修《おさむ》
編集人　井上　哲
発行人　和田由美
発行所　株式会社亜璃西社
〒〇六〇－八六三七
札幌市中央区南二条西五丁目六－七　メゾン本府七階
電　話　〇一一－二二一－五三九六
ＦＡＸ　〇一一－二二一－五三八六
ＵＲＬ　http://www.alicesha.co.jp/

企画・プロデュース
株式会社ラファロ

造　本　須田照生
印　刷　株式会社アイワード
製　本　石田製本株式会社

ISBN978-4-906740-45-1 C0095